Week-end
à Venise

Claude Hiebel

Week-end à Venise

Roman

Édition : BoD · Books on Demand,
31 avenue Saint-Rémy, 57600 Forbach,
bod@bod.fr
Impression : Libri Plureos GmbH,
Friedensallee 273, 22763 Hamburg
(Allemagne)
ISBN : 978-2-3225-6055-4
Dépôt légal : Mars 2025

Je ne trempe pas ma plume dans un encrier, mais dans la vie.

Blaise Cendrars

Avant-Propos

Alexandre partit à Montréal pour terminer ses études, y restera après la rupture avec Léa. Il rencontrera Tess avec qui il fondera une famille, et aura un fils Nathan. Il reviendra en France vingt-trois ans plus tard pour le décès de son père. Il retrouvera les amis avec qui il partageait son adolescence et sa vie insouciante d'étudiant. Il découvrira que ceux-ci et son pays lui manquent. Il fera le point sur sa vie, sa fuite en avant et son éloignement feront apparaître des regrets.

Peu à peu, il prendra conscience que son retour définitif en France est inévitable. À quarante-trois ans, il prendra une décision importante qui changera sa vie. Son ami Bruno, qui est le seul à avoir gardé le contact avec lui, le recevra à son domicile. Lors d'un repas, Alexandre apprendra la fin tragique de Léa qui lui avait adressé un courrier quelques années auparavant. Il décidera de savoir comment elle est morte. Il découvrira un passé qu'il ignorait qui au début l'attristera, puis l'enchantera.

Chapitre I

« Mesdames et Messieurs, veuillez attacher votre ceinture, notre arrivée est prévue à 10 h 25, la température est de 21 degrés et le temps est particulièrement beau. J'espère que vous avez fait un excellent voyage avec notre compagnie et nous espérons vous revoir prochainement. »

L'intervention du chef de cabine me sortit de mon sommeil, je regardai mon voisin qui bâillait à se décrocher la mâchoire. Par le hublot, je découvris la banlieue nord de Paris et quelques instants après nous survolâmes l'autoroute juste avant d'atterrir à Roissy. J'avais pris le premier avion pour rentrer en France après la terrible nouvelle : mon père était décédé d'une crise cardiaque. Depuis mon départ au Canada, il y avait maintenant plus de vingt ans, je n'étais revenu qu'une fois, pour les obsèques de ma mère, cinq ans auparavant.

Mes parents venaient très fréquemment me voir, ils se plaisaient à visiter le Canada. Mon père avait du mal à vivre sans ma mère. La dernière fois qu'il avait fait le voyage, c'était au printemps dernier, je l'avais trouvé affaibli.

Les roues de l'appareil touchèrent le sol me tirant de mes pensées, il roula doucement sur la piste, puis stoppa. Les voyageurs commençaient à se préparer pour descendre, mon voisin lui avait l'air pressé, il prit son bagage à main et me fit un signe. Pendant ce temps, j'examinai le tarmac et le personnel qui s'affairait.

Les premiers passagers commencèrent à sortir en discutant bruyamment. Je les suivis, j'avais gardé le contact avec mon meilleur ami, Bruno. C'est lui qui m'avait annoncé le décès de mon père.

Quand je l'avais informé de mon vol, il m'avait immédiatement envoyé :

« Je serai là, à très bientôt, mon ami. »

Il m'attendait dans le hall pour me conduire chez lui. Je n'avais pas envie de passer à la maison familiale immédiatement, bien qu'elle soit très proche de son domicile.

Après avoir récupéré ma valise, je scrutai la foule ; je vis subitement une pancarte bouger de gauche à droite avec l'inscription :

« *Alexandre.* »

Je distinguai difficilement Bruno dans la cohue, il ne mesurait qu'un mètre soixante-huit et, dans cette foule compacte, son indication me permit de le trouver plus facilement.

Son étreinte me coupa le souffle, il avait une force incroyable malgré sa petite taille.

« Bonjour Alexandre, d'abord, mes condoléances... Tu as fait un bon voyage ?

– Merci, Bruno. Oui, j'ai dormi pendant toute la durée du vol.

– Je te ramène chez moi, tu pourras te rafraîchir et te délasser. Tu es là pour combien de temps ?

– Plusieurs semaines, certainement.

– Bon bah, bienvenu au pays. »

Il ne me questionna pas davantage, prit ma valise et nous nous dirigeâmes vers le parking. On mit plus d'une heure pour regagner sa propriété dans les Yvelines.

Il avait acheté une maison près d'un étang dans la campagne proche de la capitale, à dix kilomètres du domicile de mes parents.

Durant le trajet, il resta silencieux, moi, j'observai le paysage. Paris et ses environs avaient effectivement changé, depuis mon départ pour une année d'études au Canada, en septembre 1995.

Ma dernière visite pour l'enterrement de ma mère avait été très brève. Aussitôt après la cérémonie, j'avais repris l'avion ; j'avais aperçu Bruno à la fin des obsèques et je n'avais passé que trois jours avec mon père. J'avais fui ce pays qui m'avait vu naître, pour raison sentimentale.

Mais le fait que je reste loin de mon pays définitivement, après ma rupture avec Léa, avait étonné mes parents et mes amis. Je repensais à cette époque quand Bruno stoppa sa voiture devant un portail. Il descendit pour ouvrir, avança et le referma, m'adressant un sourire :

« Voilà, on est arrivé. »

J'étais émerveillé par la beauté du lieu : sur la droite, sa maison avec une terrasse donnait sur une pelouse arborée qui se terminait près d'une étendue d'eau proche de la forêt.

J'étais ébloui. Je n'entendais que les oiseaux qui jacassaient. Tout d'un coup, un aboiement me surprit, Bruno cria :

« Doucement Olaf, gentil le chien. »

Un berger allemand accourant, vint vers moi pour me sentir, il remuait la queue pour me souhaiter la bienvenue.

« C'est comme cela que tu gardes la maison, tu dormais encore sur la terrasse. » Dit Bruno.

Le chien faisait la fête à son maître en lui sautant dessus.

« N'aie pas peur, Alexandre, tu as vu mon gardien ? Je suis sûr que si un voleur pénètre dans la propriété, il lui fera fête. »

Il le caressait tout en lui parlant ; ensuite, il m'accompagna jusqu'à ma chambre au premier étage et me laissa m'installer.

Par la fenêtre, la vue sur le plan d'eau était magnifique. Je m'assis sur le lit, songeant à mon père quand mon portable sonna. C'était Tess, ma femme.

« Allô Alexandre, le voyage s'est bien passé ?

– Oui, Tess, je viens d'arriver chez mon ami Bruno.

– Nathan a eu son diplôme, je tenais à te prévenir.

– C'est super quand tu le verras, embrasse-le de ma part.

– Tu peux l'appeler, il sera ravi.

– D'accord, mais j'ai tellement à faire pour les obsèques.

– Je comprends. »

Nous discutâmes plusieurs minutes, avant de raccrocher. Tess s'était éloignée, elle avait repris l'affaire familiale et trop de responsabilités ou tout simplement l'usure du couple. Depuis cinq ans, notre vie amoureuse se détériorait progressivement et j'escomptais que ce voyage de plusieurs jours nous ferait du bien. Toutefois, j'étais sceptique après notre dernière discussion.

Bruno toqua à la porte et ouvrit.

« Tu viens déjeuner ? »

Il avait allumé son barbecue et préparé l'apéritif, ouvert une bouteille de saint-émilion, il se souvenait de nos soirées d'avant mon exil, avec notre bande de copains et de copines.

« Ça fait plus de vingt longues années que je ne t'ai vu, ou si peu aux obsèques de ta mère ! Tu n'as pas changé "le Canadien", je suis content que tu sois là, malgré les circonstances.

– Oui... Comme tu dis. »

Tout en dégustant un verre et en attendant que la viande soit prête, Bruno se montrait curieux.

« Alors Alexandre, raconte-moi ta vie au Canada, la dernière fois, tu m'as dit que tu étais marié et que tu avais un garçon !

« *C'est exact, j'ai connu ma femme, Tess, quand j'ai fait mon stage pendant mes études à l'université de Montréal. Je revenais au campus après ma journée. Sur le bord de la route, une jeune femme, le pouce en l'air, attendait une âme charitable : sa voiture apparemment refusait de démarrer. J'invitai mon colocataire canadien, qui m'emmenait chaque jour à s'arrêter. Il était pressé, alors je convins avec lui que je prendrais le bus. Cette ravissante auto-stoppeuse n'avait pas pu joindre son père ; son portable n'avait plus de batterie. Donc, je lui prêtai le mien. Elle me remercia. Malheureusement, son paternel ne pouvait pas venir tout de suite.*

Je suis donc resté avec elle pour l'attendre. On a fait connaissance, elle avait vingt ans comme moi et faisait des études dans la même université. Sincèrement, je ne l'avais, en aucune façon remarquée auparavant. Elle était très agréable et plaisantait avec moi, le temps passa très vite.

Stoppa une grosse cylindrée, Tess me présenta son père. C'était dans son entreprise que j'étais stagiaire depuis une semaine ! Stupéfait et embarrassé, j'avais du mal à trouver mes mots. Par la suite, je continuai à voir Tess à l'université et en dehors. »

J'arrêtai pour déguster mon verre de vin, Bruno surveillait sa grillade, il se retourna :

« Et après... Je tiens à tout savoir, mon ami. »

« À la fin de mon stage et de mes études, j'ai pris la décision de rester au Canada. Je ne trouvais pas de travail. J'ai fait des petits boulots, dans un restaurant français, comme serveur et à la plonge. Grâce à Tess, je fus embauché par son père dans sa société de transport, comme chauffeur. J'utilisais des petits véhicules et c'est là, que j'ai passé mon permis poids lourd. J'ai pu conduire leurs fameux camions qui sont de véritables monstres.

Son père me donnait des missions de plus en plus loin, je crois qu'il voyait d'un mauvais œil ma relation amicale avec sa fille. Pendant mon congé du week-end, je passais habituellement mon samedi soir dans une boîte de nuit bien connue du centre-ville. Ce soir-là, assis au bar, je conversais avec la barmaid avec qui j'avais sympathisé, je vis arriver Tess avec deux copines. Elles s'assirent à une table proche et me dévisagèrent, elles avaient toutes les trois les yeux rivés sur moi.

Dans la soirée, Tess m'aborda, me voyant seul, elle m'invita à sa table, j'acceptai. On passa la nuit à échanger et à danser, je les abandonnai vers 4 h du matin. On s'est revu plusieurs fois, seulement, je n'insistais pas, c'était la fille du patron et je tenais à mon travail. Un jour, elle me croisa dans l'entreprise et m'invita à son anniversaire, chez ses parents. J'étais réticent, mais elle s'obstina tant que je consentis à venir. En entrant à son domicile ce jour là, je notai qu'il y avait du beau monde, les invités étaient bien habillés, moi, en jean, baskets et chemise retombant sur le pantalon, j'étais mal à l'aise. Je détonnais parmi tous ces gens tirés à quatre épingles.

Tess en robe longue vint m'accueillir, les cheveux relevés en chignon, elle resplendissait : un vrai rayon de soleil. Elle me présenta à ses parents ; son père l'air grave ne devait pas apprécier ma présence, sa mère chaleureuse me souhaita la bienvenue.

Plus tard dans la soirée, elle me confirma qu'elle m'avait invité, parce qu'elle avait un faible pour moi et, en même temps, elle désirait provoquer son père. Celui-ci voulait qu'elle fréquente le fils d'un ami et elle rejetait catégoriquement cette idée. Le jour de son anniversaire, elle avait pris le parti d'entrer en rébellion pour montrer qu'elle régissait sa vie à sa façon.

Elle avait choisi l'événement, son père fêtait ses quarante-cinq ans. Tess avait complètement omis de me prévenir. Elle était satisfaite de me présenter à tous les membres de la famille et aux amis, moi, je n'avais qu'une envie : m'échapper.

Son paternel me surveilla pendant toute la soirée. Je compris que je n'étais pas le bienvenu. Je profitai que Tess soit avec sa mère pour m'éclipser sur la terrasse. Je me demandais ce que je faisais là, quand, venant sans faire de bruit, elle m'enlaça. Étonné, lui faisant face, elle prit ma tête entre ses mains et m'embrassa. Ses parents étaient particulièrement mécontents que leur fille se donne en spectacle. Notre idylle commençait, les choses se précipitèrent, et malgré le désaccord de son père, Tess continua à me voir.

Un jour, il me convoqua ; malgré nos efforts pour rester discrets, certaines personnes mal intentionnées avaient fait leur rapport.

Ce jour-là, j'eus peur de sa réaction. En fait, voyant sa fille épanouie, il me proposa un poste dans les bureaux. Il avait consulté mon *dossier, il savait que j'avais un diplôme qui me permettait de gérer la logistique et son entreprise s'agrandissait très rapidement.*

J'approuvai, car passer toute la journée sur les routes ne m'enchantait pas. Quelques mois après, on se mariait, puis notre fils naissait l'année suivante. La vie s'est écoulée, Nathan a maintenant 20 ans.

J'ai vécu de tendres moments dans ce beau pays. »

« Eh bien, mon gaillard, c'est une très belle histoire. J'espère que tu es heureux, tu le mérites après ta mésaventure avec Léa. »

Je ne répondis pas, ma rupture avec elle avait laissé des traces. À l'époque, ce fut un drame avant mon départ à Montréal. Bruno vit tout de suite qu'il fallait éviter le sujet, il enchaîna :

« Que vas-tu faire cet après-midi ?

– Je vais aller chez mon père et m'occuper des formalités, l'enterrement a lieu vendredi à 15 h.

– J'ai prévenu nos amis, ceux qui sont dans la région viendront, d'ailleurs, je les ai invités pour le week-end, ça fait tellement longtemps qu'ils ne t'ont pas vu, qu'ils ont tous été d'accord.

– Merci, Bruno, il ne fallait pas te donner autant de mal.

– Ça te fera du bien de les revoir et ça te changera les idées, tiens, voilà les clefs de ma voiture.

– Un grand merci, mon ami. »

Je rangeai avec lui et partis vers le domicile de mes parents. Je poussai la grille en fer forgé qui grinça, je reconnus ce bruit, cela faisait des années que je ne l'avais pas entendu.

Je traversai le petit jardin devant la maison, mon père consacrait tout son temps à l'entretenir, les massifs de fleurs multicolores me firent penser à lui et me serrèrent le cœur.

Quand j'ouvris la porte d'entrée, je fus ébahi, rien n'avait changé, l'intérieur était resté le même depuis l'enterrement de ma mère.

En entrant dans la cuisine, je vis sur la table la tasse que mon père utilisait pour son petit-déjeuner et, à proximité, ses lunettes que je saisis pour les poser sur le buffet près de son journal.

Je montai au premier, j'ouvris la porte de ma chambre et ce fut la stupéfaction. Rien n'avait bougé depuis vingt-trois ans, mes affaires étaient là, les photos des artistes et des sportifs que j'idolâtrais toujours accrochées au mur avaient jauni et la poussière et les toiles d'araignées avaient envahi cet espace.

Je m'assis sur le lit, aucun objet n'avait changé de place et ne manquait. Quand j'étais venu pour le décès de ma mère, j'avais logé à l'hôtel, mon père avait trouvé cela bizarre, mais dormir dans ma chambre à côté de celle de mes parents m'aurait anéanti. Par conséquent, après la cérémonie, j'avais raccompagné mon père sans monter à l'étage.

Je me pris la tête entre les mains, les larmes coulaient le long de mes joues. Mes parents ne s'étaient jamais plaints de mon absence, je leur téléphonais très souvent et quand ils traversaient l'Atlantique pour venir me voir, on passait beaucoup de temps ensemble.

Néanmoins, ils m'avaient manqué, et de toute évidence moi aussi. J'aurais dû vivre auprès de ma famille et je regrettais, seulement, il était trop tard.

Mon téléphone sonna, j'étais en retard pour organiser les obsèques, je descendis l'escalier et filai précipitamment.

Plus tard, je retrouvai Bruno pour dîner, on passa le temps à se remémorer notre passé de jeunes insouciants, celui de notre groupe d'amis avec qui on organisait des soirées mémorables à refaire le monde. Notre petite bande de copains se réunissait au moins une fois par mois pour fêter un anniversaire, une fête, tout était prétexte à s'amuser, et la plupart du temps, on se regroupait chez les uns ou les autres.

Quelquefois, on s'évadait pour tout le week-end en voiture, à l'aventure. On décidait deux jours avant l'endroit de notre destination et le vendredi soir, on se réunissait pour s'échapper.

Au complet, on était une dizaine, autant de filles que de garçons, il y avait une sacrée ambiance entre nous. Parfois, une personne invitée par un membre du groupe venait élargir notre cercle.

Et c'est comme cela, que j'ai connu Léa, mon premier amour.

La nuit était tombée. Assis sur un fauteuil de la terrasse, je contemplais la nature pendant que Bruno apportait son cognac favori pour me le faire déguster. J'entendais au loin dans la forêt des bruits d'animaux, les oiseaux gazouillaient dans les arbres. Il faisait bon en ce mois d'avril et ils en profitaient. Bruno posa les verres et versa son nectar.

« Quelle calme chez toi, depuis quand tu habites ici ?

– Depuis mon divorce, il y a deux ans maintenant.

– Tu n'as pas trouvé une compagne ? »

Il sourit en me tendant un verre.

« Non, je suis devenu très difficile et mon job ne me le permet pas, je pars très souvent en province ou à l'étranger. »

J'acquiesçai, effectivement, une relation durable exigeait une présence.

« Pour compagnie, j'ai mon chien et mon chat, d'ailleurs, le voilà qui revient pour la nuit et surtout pour manger. »

Le berger se leva et vint au-devant du matou qui lui fit un câlin, les deux animaux entrèrent dans la maison. Mon regard dirigé vers la pelouse, je jouissais de ce havre de paix en me délectant avec son vieux Cognac. Bruno, le verre à la main, ne disait rien, il se tourna dans ma direction :

« Ce week-end, tu vas rencontrer certains de nos amis.

– Ah lesquels ?

– Bah, Élodie, Annie, Franck et François, malheureusement les autres qui vivent en province ne pourront pas être là, ils te transmettent leurs condoléances et espèrent te voir une autre fois. »

Je me contentai simplement de lui faire un signe de la tête, la fatigue du voyage commençait à me submerger. Je remerciai Bruno et pris congé. Dans la chambre, couché sur le lit, les mains derrière la tête, je repensai à cette époque ; à ces moments de fête et de délires.

Élodie était la plus acharnée de toutes les filles, elle était invariablement la première à blaguer. Franck l'organisateur, François l'intellectuel, Annie la pin-up du groupe... Tout ce petit monde, comment allais-je le retrouver ? Je riais tout seul dans le lit avant de plonger dans les bras de Morphée.

Le lendemain matin, j'ouvris les paupières difficilement ; en regardant ma montre, je sursautai, il était plus de 10 h. Je poussai les volets, le soleil brillait dans le ciel bleu, le chien allongé sur la pelouse leva la tête et la reposa.

« Alors le Canadien, on récupère du décalage ? »

Bruno sur la terrasse, une tasse à la main caressait son chat.

« Descends, un café t'attend. »

Je lui fis signe de la main et m'empressai de le rejoindre. Après avoir pris le petit-déjeuner et une bonne douche, Bruno me déposa devant la maison de mon enfance et repartit.

« J'ai une course à faire, je reviens dans deux heures, ça ira ?

– Absolument, Bruno, je vais juste récupérer des documents. »

Du tiroir du buffet, je sortis un classeur, mon père, qui avait été comptable était très ordonné, tous les papiers qu'il recevait étaient systématiquement archivés. Assis sur le canapé, je consultai chaque dossier, quelques-uns me firent voyager dans le temps. La sonnerie de la porte me fit sursauter. Je laissai tout et me dirigeai vers la fenêtre pour écarter les rideaux. C'était la voisine, une amie de mon père, je lui fis signe d'entrer.

« Bonjour madame Ledrain, comment allez-vous ?

– Très bien, mon petit Alexandre et toi ?

– Bah, comme quelqu'un qui a perdu un être cher. » Rétorquai-je.

« Bah, oui, mon pauvre Alexandre, il est parti trop vite, la veille, on buvait le café ensemble, il était bien. »

C'était une brave femme qui s'occupait parfois de lui faire les courses.

Restant silencieux, elle continua.

« Tu sais, Alexandre, tu n'as pas changé, je me rappelle tout gamin quand tu venais sonner chez moi et que tu te cachais, je sortais, il n'y avait personne, je devinais que c'était toi, tu étais très espiègle. »

Je songeai à ces moments où j'embêtais notre voisine. De son côté, quand je jouais au ballon et qu'il atterrissait dans ses fleurs, elle rouspétait, néanmoins, elle nous le redonnait toujours.

« Alexandre, l'enterrement est à quelle heure vendredi ?

– À 15 h, au cimetière du centre-ville.

– Ah, tu ne fais pas de messe ?

– Non, mon père n'appréciait pas trop les curés. » Répondis-je.

« Bon, bah, j'y serai et si tu as besoin de quelque chose, n'hésite pas à sonner comme tu faisais plus jeune.

– Merci, madame Ledrain. »

Elle repartit me laissant seul, j'ouvrai l'album de photos et m'installai pour revivre ma vie avec mes parents et toute la famille. Celles de ma naissance, de ma communion, de mon mariage avec Tess. Je n'ai pu atteindre la fin, le temps passa trop vite, Bruno était de retour. Je le pris avec moi pour le consulter plus tard. Je jetai un dernier coup d'œil vers la maison, avant de refermer la grille.

Le vendredi pour la cérémonie, il y avait beaucoup de monde, les voisins et amis de mon père étaient tous présents, certains m'avaient reconnu, d'autres me fixaient et devaient me trouver changé. Le premier adjoint fit un discours, mon père avait été maire et ensuite avait participé comme bénévole à la vie de sa ville dans plusieurs associations.

Mes amis regroupés à côté de Bruno m'observaient. Tous me saluèrent et déposèrent une rose sur le cercueil. Personnellement, j'étais passé cueillir un gros bouquet de différentes fleurs de son jardin, c'était sa passion.

Je restai seul devant ce trou béant, regardant longuement sa dernière demeure. Je lui lançai mon bouquet en le saluant.

Ensuite, je fis signe aux agents qu'ils pouvaient intervenir et rejoignis mes amis qui conversaient entre eux. Annie et Élodie silencieuses, vinrent m'embrasser et me prirent par le bras. Elles m'accompagnèrent jusqu'à la voiture. Ensuite, mes amis prirent leur véhicule pour nous suivre et Bruno rentra directement.

Chapitre II

Nous nous assîmes tous ensemble autour de la table de la terrasse ; Bruno aidé par Annie apporta des boissons. Les quatre amis étaient ravis de me revoir, moi également. Physiquement, ils n'avaient pas trop changé. Je leur parlai de ma femme, de mon fils et de ma vie au Canada.

Élodie, rayonnante de bonheur ne cessait de me poser des questions. J'adorais cette femme. Étudiants, nous avions eu une aventure qui avait duré plusieurs mois, puis, on était resté bons amis. Annie, toujours prête pour faire la fête, était réjouie que je sois là, il est vrai que dans notre bande, c'était un boute-en-train.

Franck, géomètre avait son cabinet en banlieue sud. Chaleureux, il m'expliquait que depuis son divorce, il n'avait fait que travailler et ce week-end lui permettait de décompresser.

François était resté célibataire d'après Bruno, et restait discret. Je décelai une grande complicité entre lui et Élodie. La fin de journée arriva rapidement, nos discussions sur nos sorties en groupe il y avait désormais vingt-trois ans nous rendirent nostalgiques de cette époque. Mon portable sonna.

C'était Tess, je décrochai et m'absentai un instant, elle souhaitait savoir comment je me portais après les adieux à mon père. On ne discuta pas longtemps, elle était submergée par le travail, je l'embrassai.

Quand je revins sur la terrasse, il y avait de l'ambiance, l'apéritif était servi et les garçons plaisantaient, Élodie venait d'avouer sa liaison avec François, les commentaires fusaient. Je les félicitai et on trinqua à leur bonheur.

Pendant ce temps, Bruno faisait cuire des merguez sur son barbecue tout en buvant son verre. Mes amis riaient et se charriaient mutuellement.

Toutes ces plaisanteries me firent le plus grand bien. Je retrouvai l'atmosphère de notre jeunesse.

Je ressassais toute cette période avec beaucoup de regrets, toutes ces années, passées loin d'eux, me pesaient.

Nostalgique, je m'éloignai un instant, la vue sur le jardin et le plan d'eau m'apaisèrent, Annie vint près de moi.

« Pourquoi tu restes tout seul, Alexandre ? Viens avec nous. »

Je me retournai et l'accompagnai.

« Tu as l'air soucieux. » Dit Franck.

« Une mauvaise nouvelle, Alexandre ? » Lança Annie.

« Non, les amies, c'était Tess, ma femme ; en ce moment, on est un peu distant, je m'occuperai de ce soucis plus tard. Il y a une chose que j'ai omis de vous dire :

– Laquelle ? » Lancèrent en chœur Élodie et Annie.

« C'est que vous m'avez tous manqué.

– Toi aussi, le Canadien, et on espère que tu reviendras volontiers nous voir. » Déclara ensemble toute l'assistance.

« On trinque tous au retour de notre ami Alexandre. » Dit Bruno.

La discussion reprit, j'étais satisfait de ces retrouvailles. Pourtant, brusquement, je songeai à Léa. On avait passé deux jours à Venise avant notre rupture, ce fut un merveilleux week-end. Malheureusement, peu de temps après notre retour, pour une raison que j'ignore toujours, elle m'avait téléphoné pour rompre. Ce fut pour moi une immense désillusion, une déchirure, ce qui décida mon séjour prolongé au Canada.

« Vous avez des nouvelles de Léa ? »

Ma question eut l'effet d'une bombe, tout le monde s'arrêta de causer, ils me regardèrent étonnés. Personne ne prit la parole, Bruno intervint après un moment de solitude, soulageant les autres.

« Léa n'est plus de ce monde... Tu n'étais pas au courant. »

Les yeux rivés sur Bruno, cette nouvelle m'abasourdit et je m'assis sur la première chaise proche de moi. La stupeur passée, je bredouillai :

« Non... Absolument pas. Que lui est-il arrivé ? »

– Elle a eu un accident de voiture cinq ans après ton départ. » Indiqua Franck.

« Vous pouvez préciser ? » Dis-je.

« Elle revenait d'une soirée avec son mari, elle a loupé un virage et s'est encastrée dans le mur d'une propriété, ils sont morts tous les deux. »

Un grand silence se fit. Je ne parvins pas à réaliser, je revis notre séjour, son sourire, sa joie de vivre, elle était heureuse et je n'avais jamais admis sa décision.

Pour changer le climat que j'avais complètement plombé, Bruno dit :

« Tu savais qu'elle avait une sœur jumelle ?

– Non... Léa m'avait toujours affirmé qu'elle était fille unique.

– Bah, non, Alexandre... Je l'ai rencontrée à l'enterrement de Léa. Elle est pharmacienne, son officine est sur la place de l'église ! »

– Ici... Dans ta ville ?

– Oui, je te montrerai, quand on se baladera. »

J'étais stupéfait par cette information. Mon esprit n'était plus avec mes amis, Léa que j'avais aimée comme un fou et avec laquelle je désirais faire ma vie était morte, une page se tournait et j'avais beaucoup de mal à participer à la fête.

C'est Élodie qui vint me voir :

« Ça va, Alexandre ?

– Non, cette information m'attriste, tu sais pourquoi. »

Elle fit un signe de tête et me prit le bras pour n'emmener loin du groupe.

« Tu as toujours des sentiments pour elle ?

– On ne peut pas oublier les excellents moments, même si notre liaison s'est mal terminée.

J'adorais cette fille, j'aurais préféré qu'elle soit heureuse comme moi, je l'ai été par la suite... Tu comprends ?

– Oui, tu as raison... Viens, on va rejoindre les autres, ça t'évitera d'y penser. »

La discussion continua et la soirée resta animée. Tout le monde alla se coucher, sauf moi qui m'attardai sur un fauteuil en dégustant un verre de cognac.

Était-ce le dernier adieu à mon père ou la mort de Léa qui me troublait autant ? Ou bien la fatigue du décalage horaire et la discussion avec Tess.

En l'absence de réponse, il était trois heures du matin lorsque je montai dans ma chambre, accompagné d'Olaf.

Le lendemain matin, je fus réveillé par les voix de mes amis, il était pratiquement dix heures. J'ouvris les volets et Bruno m'interpella :

« Bah, alors Alexandre, tu fais la grasse ? »

Je fis un signe et descendis pour rallier la bande. Les blagues fusaient déjà, l'ambiance était euphorique. Je contemplai le ciel bleu et le paysage enchanteur de la propriété de Bruno. Ce serait encore une superbe journée, le soleil brillait, les oiseaux chantaient dans les arbres, Olaf dormait dans l'herbe et le chat rôdait sur la pelouse.

On décida de se rendre au centre-ville, faire quelques courses au marché. Bruno prit sa voiture, Franck et Annie préféraient rester sur une chaise longue à farnienter.

Il y avait foule ce samedi matin, et il était compliqué de dénicher une place sur le parking. On parcourut les allées en se faufilant à travers la cohue. Ensuite, on déambula dans les rues pittoresques du village pour terminer à la terrasse du café place de la Mairie, juste en face de la pharmacie. On appréciait la chaleur du soleil, tout en discutant de banalités, on épiait les gens qui faisaient leurs courses.

Subitement, je me levai et me dirigeai vers l'officine.

« Où cours-tu ainsi, mon ami ? » Cria Bruno.

Sans un mot, déterminé, j'avançai d'un pas décidé.

En entrant, je vis la pharmacienne de dos et quand elle se présenta devant moi, je fus stupéfait de sa ressemblance avec Léa. Je restai interloqué, des images d'elle à Venise défilaient à toute allure dans mon esprit. Quand elle me demanda ce que je voulais, je ne pus lui répondre immédiatement. Elle mit un moment à m'observer, elle répéta :

« C'est pour quoi, monsieur ?

– Une boîte d'aspirine, s'il vous plaît. »

Elle déposa la boîte et me dévisagea, j'avais l'impression d'avoir Léa en face de moi, cette similitude avec sa sœur était purement incroyable.

Je réglai et fis demi-tour avec hâte. Une envie de fuir me submergea, je me tournai plusieurs fois, ne réalisant toujours pas ce que je venais de découvrir. Son regard insistant me troublait, elle s'occupa d'un autre client. Je sortis et revins m'asseoir près de mes amis.

« Alors Alexandre, tu as vu Lucie ?

– Pardon, Bruno.

– Bah, la sœur jumelle de Léa, c'est elle que tu partais voir, sous prétexte d'acheter de l'aspirine.

– On dirait que tu as vu un fantôme, Alexandre, tu es pâle. » Déclara Élodie.

Je n'en revenais pas, mes amis hilares me scrutaient. Après un court instant, je pouffai de rire et les moqueries reprirent.

« C'est incroyable, cela m'a perturbé, j'ai eu un moment l'impression d'avoir Léa devant moi... C'est fou cette ressemblance !

– Je t'avais prévenu, Alexandre. » S'exclama Bruno.

Il était midi trente, on passa à la boulangerie
pour prendre le pain et des pâtisseries. À la maison, les filles passèrent à la cuisine pour préparer
une entrée, les garçons au barbecue pour aider
Bruno, un verre de vin blanc à la main et moi, je
mis la table. Le soleil chauffait tellement que l'on
se déplaça pour s'installer sous le feuillage des
arbres, qui nous donnerait l'ombre nécessaire afin
de déjeuner avec un semblant de fraîcheur.

Après le repas, les garçons repus, s'accapa-
rèrent les chaises longues pour leur sieste. Élodie
et Annie s'allongèrent près de la berge dans
l'herbe avec un magazine. Moi, je m'installai sur
le banc à l'ombre d'un sapin. Je pensais à Léa dé-
cédée il y a quelques années. Les circonstances
de ce drame n'avaient jamais été élucidées,
d'après ce que m'avait rapporté Bruno. Je ne sais
pas pourquoi cet événement me préoccupait autant, j'étais tenté d'en savoir davantage.

Avais-je des regrets ou était-ce une curiosité
mal placée ? Néanmoins, cet accident m'intri-
guait surtout quand Bruno m'avait donné des détails. Léa, qui conduisait, n'avait pas freiné, aucune trace n'apparaissait sur la chaussée. L'enquête n'avait mis en évidence aucun problème

mécanique, et l'autopsie n'avait pas révélé de problème de santé.

Alors, avait-elle délibérément dirigé son véhicule sur le mur ? Ou avait-elle été gênée pour négocier le virage ?

Cette éventualité me tracassait et j'aurais aimé interroger mes amis. Finalement, j'y renonçai et pris la décision de faire la connaissance de sa sœur pour en savoir davantage. Soudain, je la revoyais derrière le comptoir, et j'avais du mal à assimiler ce que j'avais vu à la pharmacie. Je sortis de ma réflexion quand Olaf vint poser son museau sur mes cuisses pour réclamer une caresse.

Puis, il vint avec sa balle, on fit une partie, il courait dans tous les sens en tournant autour des arbres et des chaises longues. Tout le monde eut droit à la cavalcade endiablée d'Olaf qui réveilla toute l'assistance.

Il était plus de 17 h, le soleil descendait doucement, on rangea. La soirée fut de nouveau très mouvementée, on passa un bon moment. Ils allèrent tous se reposer vers minuit, seule Élodie resta avec moi. Elle m'avait vu songeur pendant toute la soirée et désirait savoir pourquoi.

« Tu es bizarre, Alexandre, si tu éprouves l'envie de partager tes pensées ?

– Ah, tu l'as remarqué ? »

« Je te comprends parfaitement, ayant vécu à tes côtés pendant nos années d'études, tu te confiais souvent à moi en cas de soucis, et j'en faisais de même. »

Je vis son sourire, elle avait été ma confidente pendant des années et moi le sien, on avait une amitié sans faille.

« Je te remercie Élodie, seulement François va t'attendre.

– Non, j'ai la certitude qu'il dort déjà après avoir festoyé toute la soirée. »

Elle me fit un clin d'œil.

« Je suis un peu perdu en ce moment. Avec Tess, plus rien ne va, on n'est plus un couple. Depuis quatre ans qu'elle a repris la direction de l'entreprise, on ne se voit qu'au bureau.

Lorsqu'elle rentre tard le soir, elle se dépêche de manger pour se remettre au travail, et nous ne passons plus de temps ensemble. Mon fils va faire un stage à Londres et en septembre, il viendra poursuivre ses études à Paris. De plus, mon travail ne m'intéresse plus. Le décès de mon père me donne l'occasion d'avoir du recul sans me prononcer tout de suite. Je règlerai ce soucis après mon séjour, parce que je ne supporte plus cette situation. »

Mon amie tenta de me rassurer, je ne le fus pas entièrement.

« Toutefois, il y a la mort de Léa qui me touche, son mystère et la rencontre avec sa sœur, tous ces événements me troublent. De vous avoir revu également, je prends conscience que cette fuite en avant il y a plus de vingt ans m'a fait oublier notre amitié. J'ai manqué beaucoup de choses, et je me suis écarté trop longtemps de vous et de mes parents, de mon pays. Tout se bouscule dans ma tête et j'ai des regrets.

– Oui, je vois, tu es en pleine introspection, tu viens de poser tes valises, tu regardes derrière toi et tu fais un bilan de ta vie.

– Oui, c'est à peu près cela. »

Je tournai la tête en direction d'Élodie qui fit un rictus. On continua à échanger durant de longues minutes, ensuite le silence s'installa entre nous.

« Bon, je vais te laisser Alexandre pour retrouver François. Ne te tracasse pas trop, avant, de tout le groupe, tu étais celui qui trouvait régulièrement une solution à tous les problèmes, laisse le temps agir, tu t'en sortiras, j'en suis certaine.

– Toi, comment vas-tu ?

– Oh, depuis mon divorce, avec François, on vit chacun chez soi ; on se voit pour les bons moments, on se résoudra probablement un jour à emménager ensemble. »

Elle dit cela avec un grand sourire. Elle se leva, déposa un baiser sur ma joue.

« Merci d'avoir passé un peu de temps avec moi, bonne nuit Élodie, à demain.

– Bonne nuit, Alexandre. »

Elle prit la direction de sa chambre, je la suivis du regard. Olaf leva la tête, me fixa et la reposa. Après quelques minutes, je regagnai ma chambre.

Le jour suivant, réveillé de bonne heure, les volets ouverts ainsi que ma fenêtre laissaient pénétrer les premiers rayons du soleil. Il faisait particulièrement bon sous ma couette. Le ciel bleu sans aucun nuage, le gazouillement des oiseaux et le rire de Franck et Annie contribuèrent à me convaincre de me lever.

Par la fenêtre, je les saluai, ils s'absentaient pour faire un jogging dans la campagne environnante.

« Tu ne veux pas venir avec nous ? Lança Annie, l'air réjoui.

« Non, les amis très peu pour moi, je vais descendre pour déjeuner, bonne balade à tout à l'heure. »

Ils partirent en petites foulées en direction de la forêt. Sur la terrasse, Bruno buvait son café, je me joignis à lui.

« Tu as bien dormi Alexandre ?

– Oui, mais pas suffisamment. »

« Alors que penses-tu de cette petite réunion amicale ?

– Je dois te remercier, j'ai l'impression de re-vivre cela me fait le plus grand bien, surtout en ce moment. Je suis content qu'Élodie soit en couple avec François.

Je n'avais pas terminé qu'elle apparaissait.

« Tu parlais de moi, Alexandre ?

– Tout à fait, je déclarais que votre couple me comblait de joie. »

Elle posa sa main sur mon épaule et me dé-posa un baiser au moment où François arrivait.

« Ça va vous deux ? Dit-il en ricanant.

Élodie pivota, le prit par la taille, et l'em-brassa.

« Alexandre me disait qu'il était ravi que l'on soit ensemble. »

François me remercia et s'assit en face pour boire son café. On échangea un moment. On vit au loin Franck et Annie revenant en courant. On prépara notre dernier repas, il se déroula dans la même atmosphère que les autres.

Ils prirent tous congés en fin d'après-midi, se promettant de se revoir très rapidement. Un dernier signe, Bruno et moi, vîmes les voitures disparaître au premier virage.

Accompagné par Olaf qui nous proposait sa balle en gesticulant autour de nous. On se rapprocha de la terrasse. Le soleil était encore chaud, on s'assit sur un fauteuil et on resta silencieux. J'étais nostalgique, Bruno s'en aperçut.

« Tu es triste, mon ami ?

– Oui, vous m'avez tous manqué... La France également. Je suis un peu déboussolé et indécis sur mon avenir. Je prends subitement conscience que ma vie au Canada m'a coupé de bien des choses. »

Bruno tourna la tête, surpris par mes dernières paroles.

« Toi, tu vas revenir dans ton pays si cela ne s'arrange pas avec Tess !

– C'est envisageable, Bruno, malheureusement, je crains bien que tu aies raison.

– Alexandre, tu seras tout le temps le bienvenu dans ma demeure, bon, je vais chercher une bonne bouteille. »

Il s'éloigna et revint avec un bourgogne et deux verres.

On bavarda du passé, en se remémorant des événements avec notre bande de copains, les week-ends à Londres, à Amsterdam, improvisés au dernier moment, les blagues que l'on se faisait mutuellement. Il me raconta son mariage ainsi que celui de mes autres amis que j'avais complètement loupés.

Il était pratiquement minuit quand on rangea et que l'on se sépara. Par la fenêtre de la chambre, je vis un chevreuil à l'orée de la forêt s'approcher lentement vers l'étang pour se désaltérer. La lune était dans son premier quartier, il faisait doux, le silence de la nuit me permettait d'entendre le bruit des animaux. Olaf dormait étendu de tout son long sur la terrasse, le chat contre lui faisait sa toilette.

Je fermai les volets et laissai la fenêtre ouverte, je m'allongeai avec l'album de famille que je feuilletai pendant quelques minutes avant que le sommeil ne me prenne.

Chapitre III

Un bruit extérieur me tira du sommeil, la voiture de Bruno démarrait. J'ouvris péniblement les paupières, je consultai ma montre, il était tard. En descendant, je trouvai un mot sur la table de la terrasse.

« Je dois passer au bureau ce matin, je te laisse les clés de ma petite Fiat 600 et de la maison, tu pourras ainsi te promener. »

Je souris, cette fameuse voiture était dans toutes nos sorties de célibataire et Bruno ne s'en était jamais séparé. Elle était devenue un objet de collection et de souvenirs.

Je déjeunai sur la terrasse, je devais prendre un rendez-vous avec le notaire qui m'avait adressé un courriel, ce que je fis dans la matinée. Ensuite, je partis vers la maison familiale faire un peu de rangement.

En revenant, j'éprouvai le désir de me rendre au centre-ville, je stoppai sur la place. En passant devant la pharmacie, je repensai à Léa et à sa sœur Lucie. Je tombai nez à nez avec elle, elle aidait une dame âgée qui avait des difficultés à marcher. Ébahie de me voir, elle lâcha la cliente qui était prise en charge par un chauffeur de taxi et resta sans dire un mot à m'épier.

« Veuillez m'excuser, êtes-vous la sœur de Léa ? »

Elle ne me quittait pas des yeux comme surprise et ne répondit pas immédiatement.

« Oui, et vous... Vous êtes Alexandre ! »

Étonné qu'elle me reconnaisse, on ne s'était jamais rencontré. Après un court instant :

« C'est pour quoi ?

– J'habite chez un ami et j'ai appris le décès de votre sœur... »

Son regard interrogateur me dévisageait, je vis ses yeux s'embuer. Elle devait songer à Léa, c'est évident.

« Désolé, je suis trop brutal, cela doit raviver des souvenirs douloureux, je souhaiterais savoir ce qui s'est passé. Je peux vous joindre ? »

Elle resta sans dire un mot, puis :

« Vous pouvez me téléphoner sur mon portable. »

Elle indiqua le numéro qui était inscrit sur la porte vitrée de son officine et tourna les talons pour regagner son comptoir où des clients l'attendaient.

Je l'ai observée, puis j'ai poursuivi ma route. En passant devant le magasin du journal local, je fus subitement tenté d'entrer pour rechercher les articles concernant l'accident de Léa. Une jeune femme extrêmement aimable me reçut.

« Bonjour, comment peut-on faire pour consulter les anciens journaux ?

– Bonjour monsieur, vous recherchez quoi exactement ?

– Un accident de voiture, il y a quinze ans.

– Aussi loin... Je n'aurai rien ici, il est nécessaire de questionner les archives, tenez, remplissez ce document. »

Je lus le formulaire, m'assis devant une petite table et commençai à le renseigner, puis, je lui donnai. Elle en prit connaissance et, intriguée :

« Pour quelle raison recherchez-vous des articles sur la mort de Léa Delfond ?

– J'ai connu cette personne il y a plus de vingt ans. »

Surprise et déconcertée, elle reprit.

« Léa était une amie, vous la connaissiez bien ?

– Oui, tout à fait.

– Bon, je vais transmettre votre demande ; vous aurez la réponse par courriel, mais pas avant plusieurs jours.

– Ah bon ! Vous n'avez pas la possibilité de me donner des précisions sur sa mort ?

– Malheureusement non, vous en saurez plus dans notre quotidien ou bien essayez de contacter le gendarme qui a effectué l'enquête.

– Quel est son nom ?

– Durquois... Durka, enfin, je ne sais plus exactement. Son nom figurera dans les articles que vous recevrez. Tout le monde fut catastrophé à l'époque. Elle avait quitté un garçon très sympathique, et s'était mariée avec Marc Ledoin vous l'avez peut-être connu.

– Non, pas du tout, merci beaucoup. »

En sortant du bureau, je m'abstins de me retourner, je sentais son regard qui ne me quittait pas. Ses dernières paroles m'avaient attristé, elle parlait manifestement de moi, mais elle ne le savait pas.

Je repris la voiture, Bruno était déjà là, il remarqua l'expression sur mon visage.

« Tu en fais une drôle de tête ?

– Oui, je reviens du centre-ville, j'ai croisé Lucie, j'ai réellement du mal à me faire à cette ressemblance avec Léa. Quand je la vois, je suis profondément déstabilisé. J'ai pris son numéro, franchement, je ne sais pas pourquoi. Ensuite, je suis passé au journal local pour avoir des renseignements sur l'accident.

– Pour quelle raison tu enquêtes sur la mort de Léa ? Tu culpabilises ?

– Non... À dire vrai, je ne sais pas, quelque chose me pousse à poursuivre mes recherches, je trouve sa mort bizarre. Elle m'avait adressé une lettre plusieurs mois avant son décès.

– Tu m'avais caché ça, elle disait quoi dans son courrier ?

– Qu'elle regrettait ce qu'elle m'avait fait, et déplorait sa façon d'agir après le week-end à Venise, qu'elle aurait dû avoir un enfant avec moi.

– C'est effectivement troublant. » Dit Bruno qui me servit un verre.

« Tu lui as répondu ?

– Non, justement, j'aurais dû à l'époque, seulement, j'étais heureux avec Tess et notre fils.

– Tu as eu raison, maintenant, si tes investigations peuvent te soulager, continue. »

Mon téléphone sonna, Bruno s'arrêta, c'était Tess. Je m'absentai quelques instants.

« Bonjour Tess, comment vas-tu ?

– Très bien, et toi ?

– Je dois voir le notaire pour la succession. Il y avait du monde aux obsèques.

– Tu reviens quand ?

– Je ne sais pas, tu as besoin de moi ? »

Un silence s'installa entre nous, puis elle reprit.

« Pour l'entreprise, je me débrouille avec ton adjoint, c'était pour avoir ton avis et prendre une décision concernant les études de notre fils.

– Bah, on peut en discuter maintenant si tu veux, autrement, j'ai prévu mon retour dans dix jours. »

On conversa un instant pour régler ce souci, puis je raccrochai.

Bruno impassible buvait son verre en caressant Olaf et en admirant le paysage.

« Tess s'inquiète ? » Lança Bruno.

« Oui, en ce moment comme rien ne va plus dans notre couple et, pour compléter, il y a deux mois, elle a été nommée directrice du syndicat des patrons transporteurs. Donc, on ne se voyait que pendant la journée au bureau et le soir, depuis, nous nous croisons dans les couloirs.

– Tout va s'arranger, Alexandre, d'être éloigné va probablement raviver sa flamme.

– J'en doute fortement. Avant mon départ, on a déjà abordé le sujet et compte tenu de ses réponses, je n'ai pas beaucoup d'espoir de recouvrer la Tess que j'aimais. »

Bruno s'inquiétait, stupéfait par mes paroles, je clarifiai mes propos.

« Tess était une femme sublime, toutes les fins de semaines, on passait notre week-end dans le chalet familial au bord d'un lac magnifique, en amoureux. On sortait souvent ensemble ou avec notre fils. Notre vie harmonieuse changea quand elle prit la succession de son père. »

Je stoppai, Bruno était très attentif à mes paroles, je repris après un long silence.

« Dès le début, je l'encourageai, c'était un vé-ritable challenge pour elle, elle voulait bien faire, donc elle travaillait intensément. Quand elle rentrait le soir, elle savait qu'elle pouvait compter sur moi, notre fils avait mangé et étudiait dans sa chambre. Son repas était prêt, elle passait dans le salon, s'asseyait sur le ca-napé à côté de moi et mettait ses jambes sur les miennes, sa tête sur mon épaule, je la ser-rai contre moi, elle soufflait et ce câlin dimi-nuait son stress. Puis, elle dînait et se mettait sur la table pour travailler. Elle venait se cou-cher très tard, en se glissant sous la couette elle m'embrassait, m'enlaçait et s'endormait rapidement.

Plus le temps passait et plus elle revenait tard ; la majorité du temps, je sommeillais déjà. On n'avait des contacts que pendant la journée, au travail. Les années passèrent, les moments de bonheur, de complicité disparurent rapide-ment ainsi que nos séjours dans le chalet. »

J'arrêtai l'évocation de notre vie qui depuis cinq ans, ne m'enchantait pas.

« Que comptes-tu faire, mon ami ?

– Je songe sérieusement à mon retour en France, surtout que notre fils, après son stage à Londres, va poursuivre ses études à Paris.

– Sache, Alexandre, que tu peux venir habiter chez moi.

– Merci, j'apprécie ton aide, car je traverse une période difficile et j'ai vraiment besoin de soutien. Je ne sais plus comment gérer ma vie actuellement. »

On continua la soirée à échanger. Après le dîner, il me versa un verre de son prestigieux cognac. Olaf à nos pieds, on profitait de la vue sur la forêt et de ses bruits. Une légère brume montait à la surface du plan d'eau, des canards avançaient tout doucement, des oiseaux jacassaient dans les arbres. Il était tard quand chacun regagna sa chambre.

Les jours suivants, j'occupais tout mon temps à ranger la maison de mes parents, enfin, surtout à récupérer des souvenirs d'enfance. Les jours défilèrent, le notaire m'appela, on devait se revoir dans trois mois. j'attendais d'avoir les coupures de presse pour solliciter un entretien avec Lucie.

Une personne du journal local m'avait communiquer le nom du gendarme. J'avais envoyé un message, mais je n'avais pas eu de réponse.

La date de mon retour au Canada approchait, ma dernière soirée avec Bruno aussi.

Il ouvrit une excellente bouteille pour fêter cela, c'est à ce moment que je reçus un coup de fil.

« Bonsoir, monsieur Alexandre Lefranc…

– Oui, tout à fait.

– Adjudant Ducout de la Gendarmerie Nationale. Vous m'avez laissé un mot.

– Effectivement. »

Je lui expliquai assez rapidement l'objet de mes recherches. Surpris, il sollicita des précisions. Après quelques minutes, il me donna son impression sur le dossier sans en révéler le contenu.

« Sincèrement cher monsieur, il y a quinze ans, j'étais un jeune gendarme et j'ai conclu à un accident. La vitesse était excessive, sans aucune trace de freinage, aucune anomalie sur le véhicule et aucun témoin visuel. À présent, avec le recul et l'expérience, j'ai des doutes. Seulement, à cette époque, il était préférable pour la famille de conclure de cette façon. Cela ne servait à rien d'augmenter leur peine.

– Ils sont donc morts tous les deux ?

– Non... Marc Ledoin s'en est sorti.

– Son mari est vivant ?

– Si l'on peut dire, sa situation n'est pas des plus agréables... Il est paraplégique depuis l'accident. »

J'étais sonné par ce nouvel élément.

« Merci de m'avoir rappelé, bonne soirée. »

On raccrocha, Bruno m'interpella :

« Son mari est paralysé ? Je supposais qu'il était mort également. »

Je réalisai qu'il me serait possible de l'approcher. Malheureusement ce ne serait que dans quelques mois, à mon retour.

Je passai une nuit difficile, le mari de Léa était parvenu à s'en sortir et cela changeait toute la donne. J'ai eu beaucoup de mal à m'endormir, j'aurais préféré rester pour le joindre rapidement et ainsi répondre à mes doutes.

Le lendemain matin, en prenant mon petit-déjeuner, je reçus un courriel du service des archives du journal. Il y avait plusieurs articles concernant l'accident.

Je consultai leur contenu superficiellement et adressai mes remerciements au service pour leur rapidité.

Le temps passait trop vite et Bruno devait me déposer à l'aéroport.

« Alexandre, il est impératif de partir ; autrement, l'avion va décoller sans toi.

– Entendu, on y va, j'aurai suffisamment de temps pour les étudier pendant le voyage. »

Un dernier coup d'œil sur le paysage, une petite tape sur la tête d'Olaf, je montai dans la voiture et Bruno démarra à tout allure.

Il y avait beaucoup de monde sur le trajet, nous restâmes silencieux, j'arrivai dans les temps. Il descendit mon bagage, on se salua.

« Fais un bon voyage, mon ami, et à très bientôt, tiens-moi au courant.

– Merci pour tout, Bruno. »

Un dernier signe et je pris la direction du comptoir d'Air Canada. Pendant l'attente avant l'embarquement, je relus les différentes coupures de presse du journaliste qui avait suivi cette affaire.

« Il mentionnait la vitesse excessive dans le virage, seulement, il insistait sur le déclenchement du radar au passage du véhicule deux cents mètres avant l'impact : flashé à cent-dix kilomètres heure au lieu de soixante-dix que mentionnait le panneau sur cette route. »

Une question me venait immédiatement :

Pourquoi avait-elle continué à rouler aussi vite à l'approche de cette courbe dangereuse ?

S'était-il entre temps passé un événement ?

Un autre fait me surprit : comme l'avait souligné le gendarme, elle n'avait pas freiné.

C'était surprenant compte tenu de la dangerosité du lieu, qui d'après les photos était bien signalée.

En voyant le véhicule, je relevais que la partie la plus abîmée se situait du côté du conducteur, le choc ne fut pas frontal.

Avait-elle, au dernier moment, tenté de négocier la courbe, donc ce n'aurait pas été volontaire ?

Toutes ces interrogations restaient sans réponse, m'incitaient à spéculer, et c'est en entendant l'annonce du personnel demandant aux passagers de procéder à l'embarquement que je sortis de mes pensées.

Assis près du hublot, le paysage défilait rapidement avant que l'avion ne décolle. Durant le vol, je réexaminai les constatations que le journaliste avait très bien résumées, des réflexions me traversaient l'esprit. Il fallait à mon retour, que je rencontre Lucie et Marc le mari de Léa, pour élucider les causes de sa mort qui me tenait à cœur.

Le voyage se passa bien, comme d'habitude, je dormis pendant pratiquement toute la durée du vol. Je pris un taxi, je trouvai Tess qui terminait de se préparer.

« Bah, tu aurais dû me prévenir, je serai venue te chercher.

– Non, je sais que tu es toujours à courir, surtout le matin. »

Elle me regarda subrepticement en remettant sa mèche en place devant le miroir de l'entrée. Je déposai mes bagages et l'embrassai.

« Ne passe pas au bureau aujourd'hui, repose-toi. » Dit-elle en prenant ses clés de voiture et son sac à main .

Je lui adressai un sourire et j'ajoutai :

« On mange ensemble à midi ?

– Éventuellement, je te tiens au courant, on a une réunion à 11 h. » Lança-t-elle avant de refermer la porte.

Tess courait toute la journée, cette vie lui plaisait, moi beaucoup moins. Je vidais ma valise quand Nathan sortit de sa chambre en baillant et en s'étirant.

« Bonjour mon fils, oh toi, tu n'as pas suffisamment dormi !

– Bonjour papa... Non, avec les copains, on a fêté notre diplôme. Tu as fait bon voyage ? »

Je hochais la tête pour confirmer. Il me fit un signe et continua son chemin vers la cuisine, probablement pour prendre son petit-déjeuner. Quand je revins après avoir pris ma douche, l'appartement était désert, Nathan avait laissé un mot sur la table de la cuisine. Il passait la journée avec ses camarades de promotion. C'était un vrai courant d'air comme sa mère, je restai ainsi seul avec l'hypothétique déjeuner à midi avec Tess.

Assis sur le canapé, je relus les articles sans pouvoir trouver ce que je cherchai réellement.

Pourquoi voulais-je connaître la vérité sur l'accident de Léa ? Bruno avait insisté sur ce point, seulement, j'étais incapable de répondre.

Avais-je des regrets ? À l'époque, certainement, le week-end à Venise m'avait enchanté et j'avais l'intention de passer ma vie avec cette jeune femme. Néanmoins, après ce qu'elle m'avait fait et après toutes ces années extraordinaires avec Tess, j'avais tourné la page.

Malgré tout, une petite voix intérieure me poussait à aller jusqu'au bout. Je refermai mon ordinateur et pris l'album de photos que j'avais ramené de chez mes parents.

Je voyageais dans le temps en revoyant tous les membres de la famille, les oncles et tantes qui participaient à chacune des fêtes. La plupart avaient disparu, il me restait un oncle et une tante que j'avais revus lors de l'enterrement, mes cousins et cousines étaient également présents.

Ils avaient été contents de me voir et espéraient que je revienne plus souvent. En pensant à eux et à mes amis, cela me donnait envie d'habiter dans mon pays, ma vie au Canada ne m'enthousiasmait plus, j'éprouvais le besoin de retrouver mes racines.

Ici, je n'avais que des connaissances de travail ou des amis de la famille de ma femme. Notre couple était bouleversé depuis quelques années et je le regrettais amèrement.

L'idée de changer de vie faisait son chemin. Pour l'instant, je ne désirais pas me séparer de Tess, j'aimais cette femme, mais pour combien de temps encore ? Ce voyage avait réveillé en moi le besoin de vivre différemment et je n'envisageais pas de poursuivre mon existence de cette façon. Mon portable sonna, ce qui me fit réagir, c'était Tess.

« Tu vas bien ? Je suis libre à midi, on se donne rendez-vous dans notre restaurant, comme la première fois ?

– Oui, bien sûr, j'y serais à midi trente, ça te va ?

– Très bien, à tout à l'heure. »

J'étais surpris, il y avait bien longtemps que l'on n'avait pas mangé en tête-à-tête et de surcroît, dans cet établissement. Je pourrais ainsi lui confier mon malaise concernant notre couple.

J'arrivai avant l'heure et pris un verre en l'attendant. Ce lieu était pour nous, il y a vingt-deux ans, un souvenir important.

C'est dans cet endroit que l'on s'était retrouvé après la réception de son anniversaire. Il était pratiquement treize heures quand je la vis avec son sourire que je connaissais bien.

« Navrée pour le retard, un coup de fil de dernière minute. »

Je ne ripostai pas, je savais très bien que ses responsabilités ne lui permettaient pas le respect des horaires et son sourire était la plus belle des excuses.

Elle consulta immédiatement la carte et on fit signe au serveur. Elle commençait à récupérer son souffle, elle avait dû courir pour limiter son retard. Au moment où elle prit son apéritif et que l'on trinqua, elle me dit :

« Il y a quelque chose de changé en toi.

– Ah bon. » Lui dis-je.

« Oui, depuis ton retour, je te vois anxieux. Ton voyage s'est mal passé ?

– Non... Simplement des soucis qui ne vont pas gâcher ce repas, cela fait si longtemps que l'on n'est pas venu ici. »

Tess grimaça, elle prit mes propos pour un reproche. Elle resta silencieuse, et but une gorgée, et mit sa main sur la mienne.

« Tu n'aimes pas la vie que nous menons en ce moment ? »

Impossible pour moi d'éluder ; Tess était brillante, elle savait que depuis sa nomination à la tête de l'entreprise, rien ne pourrait plus être comme dans le passé. Nous étions tout le temps en symbiose, même au sein de la société et en dehors, on vivait une relation sans faille, on ne faisait qu'un, notre vie harmonieuse faisait des envieux dans notre entourage.

« Oui, Tess, je regrette notre vie d'avant et mon voyage n'a pas arrangé les choses. J'ai revu des amis, on a passé de bons moments. »

Tess se mura dans le silence et devint triste. Je changeai de sujet de conversation et on parla de notre fils et de ses études.

Pendant tout le repas, je ne fis plus allusion à mon voyage et à mes tracasseries et surtout, je n'évoquai pas mes recherches sur l'accident de Léa. Je n'avais pas l'intention de peiner celle qui m'avait donné tant de bonheur toutes ces années. Elle dégustait son dessert favori, un Baba au rhum, quand son téléphone vibra. Elle consulta son écran et décrocha. Je réalisai tout de suite que notre repas s'achevait.

« Désolée, mon chéri, il est indispensable que j'aille au bureau. »

Je fus surpris par le *"mon chéri"*, Tess n'avait pas prononcé ce mot depuis un lustre, il est vrai que l'on se croisait la majorité du temps.

« Termine quand même ton dessert. » Lançai-je.

Elle s'empressa de le finir, prit son sac, se leva, me fit un signe et disparut.

Je restai là, à fixer la porte du restaurant qui se refermait. Mon épouse était devenue une femme d'affaires dans tous les bons et mauvais sens du terme. Je terminai mon repas, réglai et sortis sur le boulevard. Il y avait du monde qui s'entrecroisait et se bousculait. Je rentrai à pied en flânant sur le chemin.

Je ne vis pas Tess le soir pour dîner, elle arriva très tard, j'étais déjà couché. Le décalage horaire ainsi que la fatigue du voyage avaient anéanti ma volonté de l'attendre. J'étais endormi quand elle se glissa dans le lit, elle vint contre moi, m'entourant de ses bras et déposa un baiser sur ma joue.

« Tu dors, Alexandre ?

– Plus maintenant Tess.

– Désolée, d'être revenue si tardivement.

– Tu as été en mesure de résoudre ton problème ?

– Oui, ton adjoint m'a fortement aidé. »

Elle resta contre moi pendant quelques minutes avant de se tourner et de plonger dans un sommeil profond. Je me souvins de la femme que j'avais connue, il y a vingt-trois ans, toujours prête à faire la fête et à sortir. Son sourire m'avait charmé, sa façon de vivre également, je déplorais ce changement depuis quelques années.

Elle était une remarquable dirigeante et avait fait progresser l'entreprise de son père et s'était imposée dans un milieu professionnel dominé par des hommes, j'étais fier de sa réussite. Mais la Tess d'avant me manquait terriblement.

J'eus du mal à m'endormir, perturbé par les nombreuses interrogations qui m'assaillaient.

Chapitre IV

Le lendemain, je repris ma place au bureau et je mis de côté non seulement mes questions sur notre couple, mais également celles qui me tracassaient sur la mort de Léa.

Les semaines passèrent au même rythme qu'avant mon voyage en France, Tess était débordée et on continuait à se voir entre deux portes ou deux réunions.

Cependant, je constatai un changement : elle revenait plus tôt et ne ramenait que très rarement des dossiers à étudier. Elle venait parfois m'entourer de ses bras pour m'embrasser.

Je revis ainsi la jeune femme qui, il y a quelques années, était proche de son mari, et pour moi, cette évolution me permettait de croire que notre vie de couple redevienne comme avant.

Malheureusement, cette période ne dura pas longtemps. Après un mois, alors que je croyais fermement qu'elle continuerait de la sorte. Tess dut intervenir sur plusieurs problèmes au syndicat et dans l'entreprise. Elle reprit la cadence infernale des réunions et des interventions. Déçu, je me torturais l'esprit pour savoir si Tess changerait un jour.

Son visage exprimait de l'angoisse et elle était à chaque fois désolée quand elle m'informait qu'elle aurait du retard. Malgré tout, je comprenais sa décision, elle n'avait pas actuellement la possibilité de faire autrement, seulement cette façon de vivre ne me satisfaisait plus.

Je ressentais l'envie de savourer pleinement chaque instant de la vie, mon travail ne me passionnait plus, à Montréal, je ne pratiquais aucune activité qui m'aurait permis de me faire des amis, la course à pied était mon seul loisir ainsi que la lecture.

Mon fils partait à Londres pour un stage de plusieurs mois, puis à Paris en septembre, pour continuer son cursus dans une prestigieuse université. Rien ne me retenait à part les sentiments que j'avais pour Tess et ces vingt-deux ans de vie commune.

Le soir, seul dans l'appartement, je gambergeais, je dînais en regardant la télévision dans une solitude qui me pesait. Dans ma tête, la tentation d'un retour dans mon pays faisait son chemin.

Tess s'en apercevait, j'en suis convaincu, un jour, elle m'interpella :

« Tu n'es plus comme avant, ton pays et tes amis te manquent ? »

Je ne répliquai pas, sa mélancolie était révélatrice, elle remarquait mon attitude. Depuis la mort de mon père, mes retrouvailles avec mes amis et l'absence continuelle de Tess, j'étais métamorphosé. Elle pressentait qu'un jour, je prendrais la décision de la quitter.

Dans l'immédiat, elle faisait des efforts pour ne pas le montrer et gardait visiblement un espoir. Tess m'aimait, elle me comprenait, sa prise de fonction il y a quatre ans avait tout modifié. Je ne sais pas si elle le regrettait, seulement à cette époque, elle ne pouvait rien refuser à son père.

Je reçus un courriel de l'office notariale. Ils désiraient me voir pour clôturer la succession. Ce jour-là, Elle rentra de bonne heure, je l'informai.

« Tess, je dois repartir, le notaire veut me rencontrer. »

Elle posa sa sacoche et ses documents, enleva son manteau, le mit sur une chaise et me fit face.

« Tu pars combien de temps ?

– Je ne sais pas.

– Tu vas revenir ? »

Angoissée, elle se tourna et passa sa main pour chasser quelques larmes et attendait ma réaction.

« Oui, Tess. »

À ces mots, elle vint vers moi, m'enlaça et m'embrassa un long moment. Je serrai ma femme contre moi, elle mit sa tête sur mon épaule.

« Alexandre... Je suis navrée que tout ne soit plus comme avant. »

Je la fixai sans dire un mot, je ne voulais pas lui infliger du chagrin, elle avait toujours été une femme merveilleuse. Elle continua :

« J'ai conscience qu'un jour tu partiras, cette vie ne te convient plus, je le sais au plus profond de moi. »

On resta silencieux durant toute la soirée, nos regards se croisaient, notre moral en avait pris un coup. Quand on se coucha, elle vint se blottir en me serrant plus fortement que d'habitude. J'avais la certitude qu'elle redoutait mon départ. Cela m'attristait, je la sentais malheureuse et je ne réagissais pas.

Deux jours après, je m'envolai pour Paris, Bruno que j'avais prévenu venait m'attendre à l'aéroport. En allant au parking, il me sentit soucieux :

« Tu es bizarre, Alexandre, que t'arrive-t-il ?

– Je suis indécis, j'ai des sentiments pour Tess, je l'adore... En même temps, j'aspire à changer de vie, j'étouffe dans mon travail, rien n'est plus comme avant... Je ne suis pas bien en ce moment, je songe, plus que jamais à revenir en France, seulement, je n'ai pas l'intention d'abandonner Tess.

– Tu es un peu perdu ?

– Oui, complètement, c'est le mot. J'ai l'impression de traverser un désert sans but précis. »

Bruno ne rajouta aucun commentaire. Je pensais à ma femme, à mes recherches concernant l'accident de Léa, au notaire, à mes amis, à mon existence devenue monotone.

Quand Bruno arrêta sa limousine devant son portail, Olaf manifesta sa joie en balayant l'air avec sa queue. Il avait dû entendre la voiture de son maître.

À peine installé, je vins sur la terrasse, Bruno apporta deux bières.

« Tiens mon ami, celle-là te fera le plus grand bien. Bon, tu es là pour combien de temps ?

– Bah, au moins deux semaines ou bien trois. »

On trinqua, il faisait beau en ce début de juin : le soleil perçait par intermittence la masse nuageuse. Le calme régnait et je me délectais à nouveau de l'exceptionnelle vue sur la campagne, cela me changeait de Montréal avec ses avenues bruyantes bordées de tours.

« Tu as eu des nouvelles concernant ton enquête sur l'accident de Léa ? Dit Bruno.

« Absolument, j'ai étudié les coupures de presse, j'ai eu également le gendarme qui était chargé du dossier.

– Et ça donne quoi ?

– Bah, pas grand-chose, j'ai toujours le même sentiment : était-ce volontaire ou pas ?

– Tu vas poursuivre ?

– Oui, sa mort me tracasse par rapport à la lettre que j'avais reçue avant le drame. Si j'avais répondu, aurais-je pu éviter cet accident ?

– Pourquoi tu culpabilises ainsi ?

– Je ne sais pas... Quelque chose me pousse intérieurement à connaître la vérité.

– Pourtant, tu n'es aucunement responsable.

– Je sais, c'est comme cela, c'est peut-être pour me tranquilliser, puisque je n'ai pas réagi à son courrier. Maintenant, que j'ai pris connaissance de son décès, celui-ci a plus d'importance. C'est un peu comme si elle m'avait tendu la main pour que je l'aide, et moi, je l'ai laissée tomber. »

Bruno m'observait puis :

« Tu devrais joindre son mari, peut-être qu'il aura la réponse à toutes tes préoccupations.

– Oui, tu as raison, je vais lui rendre visite.

– Et Lucie, sa sœur. Tu vas la recontacter ? »

Je n'écoutai plus mon ami, je repensai subitement à Léa et à notre rupture.

« Oh, excuse-moi... Certainement, elle pourrait éventuellement me donner des indications. »

Pendant qu'il préparait le dîner, j'appelais Tess pour l'informer de mon arrivée. Elle décrocha immédiatement ce qui m'étonna. Elle devait attendre de mes nouvelles, après un bref échange, on raccrocha. Bruno arriva avec un plat de charcuterie, un plateau de fromages et une bouteille de vin.

« Ce soir, on pique-nique l'ami. »

Nous discutâmes pendant toute la soirée en savourant la cochonnaille et les fromages.

Vers 23 h, il apporta son cognac, en versa une bonne rasade et s'exclama :

« Ce médicament va te faire le plus grand bien, non seulement il te fera tomber dans les bras de Morphée, mais, tu oublieras tous tes soucis. »

Il éclata de rire en voyant ma tête. Son argumentation s'avéra exact. Peu avant minuit, je le saluai en le remerciant et je regagnai ma chambre. Sans me torturer l'esprit, le sommeil me prit soudainement.

Le réveil fut laborieux, quand j'ouvris les volets, le soleil m'aveugla, sûrement l'abus de son fameux cognac, et la bouteille de Bordeaux. Néanmoins, la nuit avait été reposante. J'étais en pleine forme. Aucun bruit dans la demeure : Bruno devait être parti à son bureau.

Sur la table de la terrasse, à côté des clés de sa Fiat 600, un mot m'informait qu'il ne serait de retour qu'en fin d'après-midi. Il me souhaitait une bonne journée. Après un délicieux café et une bonne douche, je me dirigeai vers le centre-ville, pour voir la sœur de Léa.

En passant devant l'officine, j'hésitai en lisant son numéro de portable sur la porte. Peut-être aurais-je dû la prévenir ?

Je me résolus à entrer, il n'y avait qu'une cliente. Lucie lui donna ses médicaments et leva la tête. J'ai cru un instant qu'elle était perturbée ou tout simplement effarée de me voir.

Elle termina avec la personne qui la salua en la remerciant. Je m'approchai.

« C'est pour une boîte d'aspirine ? » Dit-elle avec un sourire crispé.

J'eus un rictus, je n'eus pas le temps de préciser. L'air profondément sérieux, elle dit :

« Je vous écoute, monsieur.

– Non, je n'ai besoin de rien, j'aimerais vous poser des questions sur votre sœur Léa. »

Le visage décomposé, elle ne riposta pas tout de suite.

« Je n'ai pas trop de temps et surtout pas maintenant.

– Vous fermez à 13 h... On peut se voir pendant votre coupure ?

– Oui, seulement est-ce nécessaire... Ma sœur est morte il y a quinze ans. » Dit-elle agacée.

« Elle m'avait écrit avant son accident et j'ai envie de savoir pourquoi. »

Elle fut étonnée par mes dernières paroles, elle devait ignorer cette correspondance. Elle réfléchit quelques minutes, un client entra, ce qui la décida.

« Attendez-moi au café sur la place, je n'aurai pas beaucoup de temps à vous accorder.

– Merci beaucoup. »

Avant de sortir, me retournant à mi-chemin, je m'aperçus qu'elle m'examinait, elle détourna brusquement son regard pour servir son client.

J'avais du temps devant moi, je me rendis directement au journal local pour exprimer ma gratitude auprès de la secrétaire qui m'avait transmis les coupures de presse. Elle fut enchantée de ma venue.

« Ces informations ont-elles pu vous aider ?

– Tout à fait, je tenais à vous remercier.

– Vous connaissez la sœur de Léa ?

– Oui... Enfin non, je viens de la voir à la pharmacie.

– Elle peut vous aider, ma collègue qui vous a envoyé les articles a remarqué que vous aviez une adresse courriel au Canada.

– Oui, c'est exact.

– Je peux être indiscrète ? »

Je lui confirmai par un signe de la tête.

« Vous ne seriez pas le petit ami de Léa à l'époque avant qu'elle ne décide de se marier avec Marc ?

– Vous m'avez démasqué. Elle m'avait écrit quelque temps avant le drame et j'aimerais obtenir des détails sur les événements entourant sa mort.

– Je comprends davantage à présent votre obstination, alors bonne chance. »

Je la saluai, les douze coups sonnaient à l'église, je m'approchai du café pour mon rendez-vous.

Avec une heure d'avance, je pris place à la terrasse et je commandai une bière. Il faisait bon, il n'y avait pas grand monde et les seules personnes qui passaient, se dépêchaient pour rejoindre leur domicile. Des clients qui étaient des commerciaux venaient déjeuner sur le pouce, des ouvriers du chantier près de la mairie prenaient leur café.

Les yeux rivés sur la pharmacie, j'attendais Lucie. Le clocher me donna l'information, il était treize heures quand elle apparut. J'admirai sa démarche, celle-ci me faisait revivre celle de sa sœur pendant notre week-end à Venise quand on se promenait sur la place Saint-Marc. Elle vit mon regard insistant et se planta devant moi.

« Pourquoi vous m'observez ainsi ?

– Parce que vous me remémorez votre sœur la dernière fois que je l'ai vue avant notre rupture. »

Sans réponse, et semblant gênée par mes propos, elle s'assit en face de moi.

« Vous prenez quoi ?

– Un diabolo menthe, merci.

Que voulez-vous savoir sur Léa ?

– Les circonstances de sa mort, si elle vous a informé de notre liaison...

Dans sa dernière lettre, elle exprimait des regrets concernant son comportement avec moi. Elle m'informait qu'elle n'aurait pas dû rompre de cette manière, elle déplorait sa façon d'agir après le week-end, et ajoutait que c'est avec moi qu'elle aurait dû avoir un enfant.

C'était, et c'est toujours troublant quand je la relis en pensant à ce drame. »

Lucie, abasourdie, et comme tétanisée, resta silencieuse un long moment.

« Je ne peux rien ajouter, je n'étais pas au courant de ce courrier, on a été en froid pendant plusieurs mois après votre séparation. Cela s'est arrangé quand elle épousa Marc, puis on a repris notre petite vie de sœurs jumelles. Léa ne me confiait pas toutes ses humeurs, ni ses joies. Bien que l'on soit très proches, elle était différente de moi.

– Vous connaissez l'adresse de Marc ?

– La dernière fois que je l'ai vu, il y a environ un mois, il devait consulter son médecin pour des examens, il habite chez ses parents, voici leurs coordonnées. »

Elle gribouilla sur un morceau de papier qu'elle sortit de sa blouse blanche. J'entrevis sur son avant-bras droit des chiffres tatoués. Elle me tendit le mot et tira sur sa manche pour les cacher en me voyant les inspecter.

« Bon, je suis contrainte de vous laisser ; j'ouvre dans trente minutes.

– Vous ne désirez pas manger un morceau avec moi ?

– Non, merci, mon repas m'attend dans l'arrière-boutique. »

Elle vida son verre, me remercia et se leva. Je fis de même et lui tendis la main, elle hésita et la serra avant de me quitter et avant de pénétrer dans la pharmacie, elle se retourna.

Je mangeai à la brasserie, je songeais à Lucie et à Léa, elles étaient différentes. À Venise, Léa avait été charmante, elle plaisantait tout le temps, on avait passé un agréable séjour. Elle m'avait étonné, elle était entièrement libérée et délurée pendant ces deux jours. Lucie par contre, avait l'air très sérieuse, très sèche dans ses réponses pendant notre discussion, elle ne devait pas rire souvent. Peut-être sa fonction de pharmacienne ?

Je quittai la terrasse après le café et rentrai chez Bruno. Assis sur le banc près du plan d'eau, je contactai le domicile de Marc. C'est son père qui décrocha.

« Bonjour, pourrais-je parler à votre fils ?

– Qui le sollicite ?

– Un ami.

– Marc n'est pas là, il réside dans une maison de convalescence à Mantes... Vous connaissez ?

– Absolument pas, pourriez-vous me communiquer son adresse ? »

Je notai, en le faisant répéter, il avait beaucoup de mal à s'exprimer, puis, je lui souhaitai une bonne journée et raccrochai.

D'après ce que j'avais compris, il avait été opéré d'une tumeur au poumon, son père m'informa qu'il fumait abondamment depuis la mort de sa femme.

Je réfléchissais avec Olaf assis à mes pieds quand Bruno stoppa sa voiture. Le chien m'abandonna et, courant rapidement, se jeta sur son maître pour lui faire la fête.

Je vins au-devant de lui.

« Alors, Alexandre, qu'as-tu fait aujourd'hui ?

– J'ai vu Lucie.

– Ah bien, comment tu la trouves ?

– Fort discrète, extrêmement réservée, assez distante. »

Bruno pouffa de rire.

« J'évoquais son physique, mon ami.

– Ah... Aussi belle et attirante que Léa, si tu tiens à tout savoir. »

Il me tapa sur l'épaule.

On passa à nouveau la soirée à bavarder de notre jeunesse et de nos sorties entre amis, des anecdotes qui me changèrent les idées. Nos échanges de souvenirs me firent beaucoup de bien, par moments, on était tous les deux hilares. Il était tard quand je me couchai.

Le lendemain matin, Bruno était déjà parti quand je me levai, mon rendez-vous à 11 h à l'étude notariale me laissait amplement le temps de me préparer. Il faisait à nouveau très beau et j'arrivai avec vingt minutes d'avance. L'entretien ne dura qu'une demi-heure, tout était en ordre.

Mon père, très consciencieux avec tous les papiers, avait tout préparé, il avait laissé un courrier à mon intention que le notaire me transmit.

Je ressortis avec une drôle d'impression : une page se tournait. En me dirigeant vers la voiture, je repensais à mes parents quand ils venaient passer quelques jours au Canada et vis un instant leur sourire, heureux de retrouver leur fils.

Assis dans la voiture, je lus sur l'enveloppe que l'on m'avait remise, *"Pour mon fils".* J'ouvris pour prendre connaissance de son dernier message. Le cœur triste, je parcourus son texte bien écrit, il avait toujours eu une brillante écriture.

« *Alexandre, mon fils,*

Quand tu parcourras ces quelques lignes, je serai loin, mais près de ta mère qui me manquait terriblement. Je suis fier de toi, et je sais que tu continueras ton chemin.

Pour la maison, tu feras ce qui sera bon pour toi. Toutes ces dernières années, j'ai fait des placements avantageux, ils te permettront de la rénover si tu prends la décision de la garder. Autrement, profite de la vie, elle semble longue, toutefois, elle est courte et les dernières années passent à la vitesse d'un cheval au galop. Je t'embrasse, mon fils, tes parents qui t'aiment. »

Je fondis en larmes. Des passants me dévisagèrent, je saisis un mouchoir en papier dans ma poche pour les éponger et relus sa lettre une dernière fois avant de la mettre dans mon blouson. Après quelques instants à me ressasser des souvenirs de mes parents, je démarrai. Je n'avais pas envie de revenir chez Bruno tout de suite. Je n'étais qu'à vingt kilomètres de la maison de convalescence de Marc.

Devais-je y aller aujourd'hui ?

J'hésitais : comment aborder cette personne ? Que devais-je lui raconter pour connaître la vérité ?

Je pris la route en direction de Mantes. Non loin de l'établissement de santé, je m'arrêtai pour déjeuner.

Puis, décidé, j'entrai et me présentai à l'accueil.

« Bonjour, je voudrais voir Marc Ledoin.

– Il est au 223, vous avez les ascenseurs sur votre droite.

– Merci beaucoup. »

J'avais fait à peine quelques pas qu'elle me rappela.

« Monsieur, monsieur... Excusez-moi, l'après-midi, il est à l'extérieur dans le parc, vous le trouverez certainement près d'un banc sous un marronnier. Vous ne pouvez pas vous tromper, il n'y en a qu'un. » Lança-t-elle.

« Merci pour cette précision. »

Je sortis dans le jardin et voyant le marronnier de loin, j'aperçus une personne en fauteuil roulant proche d'un banc. Je marchai d'un pas hésitant dans sa direction. En approchant, je vis qu'il était assoupi, je m'assis près de lui. Il faisait bon sous cet arbre gigantesque, son feuillage nous protégeait du soleil qui brûlait.

Je contemplai la nature et les patients qui se promenaient, sans faire aucun geste afin de ne pas le réveiller. Il dut sentir ma présence au bout de quelques minutes, il releva la tête, surpris de voir quelqu'un à côté de lui.

« Ah, j'ai de la visite ! » S'exclama-t-il.

Je m'étais résolu à ne pas révéler tout de suite mon identité et le but de ma visite.

« Désolé de vous avoir tiré de votre sommeil, je suis venu voir un ami, seulement, il dort, alors j'en ai profité pour faire une balade dans ce joli parc.

– Vous avez bien fait, je viens tous les jours depuis le début de mon séjour. Vous êtes là depuis longtemps ?

– Non, je viens de m'asseoir. »

Il salua un jeune qui se promenait avec des béquilles, accompagné sûrement de ses parents.

« Vous voyez, cher monsieur, lui, dans trois semaines, il pourra remarcher normalement. Moi, je suis cloué sur cette chaise jusqu'à la fin de ma vie.

– Que vous est-il arrivé ?

– Un accident de voiture, ma femme est morte et moi condamné à vivre ainsi. Mes jambes refusent de fonctionner. »

La tristesse l'envahit, il devait ressasser les images de ce drame. Pour ne pas le brusquer pour notre première entrevue, je consultai ma montre.

« Oh, il faut que je parte, je vais vous laisser... »

Je n'ai pas eu le temps de finir ma phrase.

« Si vous passez par l'accueil, auriez-vous l'amabilité de me ramener.

– Bien sûr. »

Je poussai sa chaise dans l'allée pour faire route vers le hall, le laissant devant les ascenseurs.

« Merci beaucoup, monsieur...

– Alexandre.

– Moi, c'est Marc, à peut-être une prochaine fois et merci de votre gentillesse. »

Il me fit signe avec un grand sourire avant que la porte ne se referme. Je repartis vers le parking, je songeai à cette première visite, il avait l'air bizarre quand il m'avait salué. Avait-il décelé ma gêne quand j'échangeais avec lui ? S'interrogeait-il sur ma présence ?

Je pris le chemin du retour. Je garai la Fiat dans le garage quand Bruno arrêta sa limousine sur le côté. Descendant promptement, il demanda :

« Comment va mon ami Alexandre ?

– Très bien, j'ai vu le notaire, tout est réglé et je suis passé voir Marc Ledoin à la maison de convalescence.

– Une journée bien remplie apparemment. Il t'a reçu ?

– Oui, parce que je ne me suis pas présenté.

– Tu as appris quoi ?

– Pas grand-chose, j'irai le revoir et tâcherai d'approfondir mon enquête. »

La soirée fut paisible, on ne se coucha pas tard pour une fois, Bruno avait une réunion importante de bonne heure le lendemain.

Chapitre V

Je prolongeai mon séjour, Bruno, devant s'absenter une semaine en province pour son travail, me pria de m'occuper d'Olaf et de son chat. J'acceptais bien évidemment.

Je téléphonai à Tess pour l'avertir, elle prit la nouvelle sereinement. Elle se doutait que je resterais plus longtemps dans mon pays. Nous discutâmes quelques instants. Surchargée par son travail, elle n'aborda pas des sujets dont je préférais converser avec elle à mon retour.

Quatre jours après le départ de Bruno, j'effectuai une visite à Marc et le trouvai au même endroit. Il me vit de loin et me fit un signe.

« Voilà enfin une personne avec qui je pourrais bavarder. »

Je m'assis sur le banc, il se tourna vers moi.

« Vous êtes venu voir votre ami ? »

J'hésitai, un grand sourire éclairait son visage.

« Non, vous !

– On peut se tutoyer, Alexandre, surtout depuis que je sais qui tu es. »

Je n'osai pas répondre, il ne tarda pas à clarifier ses propos.

« J'avais un doute sur toi, ton accent t'a trahi, tu as une fine pointe de Canadien mélangée à ton accent parisien. La dernière fois, j'ai consulté un album qui appartenait à Léa, j'ai découvert une photo vieille d'au moins vingt-trois ans.

Le jeune homme qui est dessus te ressemble terriblement, tiens, je l'ai avec moi. Parce que j'espérais que tu reviennes. »

Il me la tendit, c'était la seule que j'avais prise avec Léa, dans un photomaton le premier jour de notre relation. Penaud, je la lui rendis.

« Pourquoi tu ne m'as pas dit dès ta première visite que tu étais son ex-copain ?

– Cela me gênait ; j'avais appris la mort de Léa par mes amis lors de mon précédent voyage. Je n'étais pas au courant et, quand j'ai su que tu résidais dans cet établissement, j'ai voulu te connaître.

– C'est gentil, tu vois, ma vie a basculé un samedi dans un virage à 3 h du matin. On a percuté le mur d'enceinte d'une propriété : Léa n'a eu aucune chance, moi, je n'ai plus l'usage de mes jambes.

– Tu conduisais ?

– Non, c'était Léa, j'avais trop festoyé avec les amis. Elle refusait de conduire la nuit, seulement là, elle a dû le faire. »

Je restai silencieux, chagriné, les yeux embrumés, il changea de sujet.

« Et toi... Qu'es-tu devenu au Canada ?

– Je me suis marié, j'ai un fils qui est en Angleterre pour faire un stage. Je travaille avec mon épouse dans l'entreprise familiale et je suis là pour régler la succession après le décès de mon père.

– Désolé, Alexandre, toutes mes condoléances.

– Merci Marc, et toi, en sortant, tu vas faire quoi ? »

J'eus l'impression d'avoir touché un point sensible, son expression changea.

« Bah, tu vois là, je suis en fin de vie. »

Il ne me donna aucune précision, consterné, j'eus du mal à réagir.

« Pourquoi tu dis cela ? D'autres personnes vivent très bien sans l'usage de leurs jambes... »

Il me coupa sèchement.

« Tu as raison, seulement il y a trois semaines, on m'a opéré d'une tumeur au poumon. »

Il ne put continuer, je vis le désarroi l'enva-
hir et après quelques secondes :

« Bah voilà, les médecins ne peuvent plus
rien faire, je vais probablement retrouver Léa
avant la fin de l'année. »

J'étais pétrifié par la nouvelle, je ne savais
pas comment me comporter, c'est Marc qui trou-
va la force pour poursuivre notre échange.

« Alexandre, raconte-moi ta vie au Canada. »

Je lui parlai de ce pays, des gens, des pay-
sages fantastiques, du grand froid, de Tess et de
notre fils. Le temps passa très vite. Comme la
dernière fois, je le ramenai jusqu'à l'ascenseur et
lui promis de revenir avant mon retour au Canada.

On se fit un grand signe de la main. Je regagnai ma voiture, profondément déconfit, et ne démarrai pas tout de suite. Le soir, je passai un long
moment sur le banc près de l'étang avec Olaf, il
avait dû comprendre ma détresse, il mit son museau sur mes cuisses et son regard compatissant
me fixait.

Je ne suis pas retourné voir Marc de toute la semaine, j'ai préféré aller à la maison de mes parents pour ranger et revivre mon passé. J'avais Tess qui m'appelait tous les deux jours, nous discutions du séjour de notre fils, tout se passait bien, il s'adaptait à la vie londonienne.

Bruno revint un jour plus tôt, on passa la soirée à échanger notre point de vue sur Léa, sur Marc et son état de santé. Pour se réconforter on but un verre de son fameux cognac.

J'avais réservé mon billet de retour. Dans quatre jours, je serais de nouveau au Canada.

Un après-midi, je passai voir Marc, je le trouvai comme d'habitude au pied du marronnier. Il fut particulièrement réjoui de ma visite.

« Ah, c'est sympa de venir. À part ma gentille belle-sœur qui vient une fois par mois et mes parents tous les quinze jours, je suis complètement abandonné. » Lança-t-il.

« Malheureusement Marc, mon départ est dans deux jours.

– Ah, tu retournes au Canada. Tu reviendras ?

– Oui, je pense. »

On échangea un long moment et quand je le quittai, il refusa que je l'accompagne dans le hall, car sa belle-sœur devait venir. Un dernier signe, je sortais du bâtiment pour me diriger vers le parking, quand je tombai nez à nez avec Lucie.

« Bonjour. »

Surprise, elle m'observa.

« Que faites-vous là ?

– Je suis venu voir Marc. »

Déconcertée, elle me scruta avant de répondre.

« Comment va-t-il ?

– Moralement, il n'est pas au top. On pourrait dîner un soir ensemble ? Pour parler de Marc. »

Elle fut troublée par mon tutoiement ou mon invitation. Après quelques secondes, en bafouillant un peu :

« Bah samedi soir... Si vous voulez... Enfin, si tu veux.

– Malheureusement, je pars vendredi. Alors, à mon retour dans un mois. »

Son sourire disparut, laissant réapparaître l'expression qu'elle avait lors de notre première rencontre à son officine. Elle semblait déçue.

« Bah... Et ce soir, vous... Tu es libre ?

– C'est entendu, va pour ce soir.

– Viens me chercher à la pharmacie vers 19 h 30. »

Je continuai mon chemin, je me retournai, et elle fit de même. Chaque fois que je la voyais, j'avais l'impression d'être devant Léa et cette image me touchait, tant elle me la rappelait.

En fin de journée, je garai la petite Fiat sur le parking de l'église, il n'y avait pas foule dans les rues. Je vis Lucie sortir de la pharmacie avec une jeune fille, et m'avançai vers elles.

« Je te présente ma fille Léna qui fait des études d'infirmière. » Dit-elle.

« Enchanté de vous connaître.

– Moi également. » Lança Léna en me dévisageant.

« Bon, maman, je te laisse avec ton ami.

– Vous dînez avec nous ?

– Non, merci, c'est gentil, mais pour une fois que ma mère se fait inviter par un homme... Je vous laisse en tête-à-tête. »

Lucie, lança un regard réprobateur à sa fille.

« Bah, maman, c'est vrai, en plus il est charmant.

– Bon, ma fille soit prudente, je ne rentrerai pas trop tard. »

Elles s'embrassèrent et nous partîmes vers le restaurant près de la mairie.

Après avoir commandé, en buvant l'apéritif, elle me dit :

« Ça me fait drôle de te tutoyer, je n'ai pas l'habitude et on se connaît à peine.

– Moi aussi, surtout que j'ai bien connu ta sœur, mais nous avons le même âge.

– Effectivement... Tu es marié ? Tu as des enfants ?

– Oui, je suis marié et j'ai un fils qui est à Londres. »

Elle resta passive, impénétrable, alors je lui avouai ce que je ressentais au sujet du décès de Léa, les articles de presse que j'avais lus, ma rencontre avec Marc, son mari. Elle n'exprimait rien, puis, subitement :

– Pourquoi tiens-tu à savoir ce qui s'est passé lors de cet accident ?

– Parce que sa lettre me préoccupe. C'était peu de temps avant sa mort et je me pose des questions.

– De quel genre ?

– Si ce n'était pas volontaire... »

Je n'eus pas le temps de développer et de préciser ma pensée.

« Léa était différente de moi, elle aimait Marc, et a rompu avec toi, elle n'était pas suicidaire comme tu as l'air de le suggérer. »

Elle s'arrêta un court instant.

« Sa relation avec son mari était parfois complexe, comme dans chaque couple tout simplement. »

Sa réponse était sèche et directe. Je ne me hasardai plus à mentionner mes doutes et changeai de sujet.

« Tu as des tatouages comme Léa. »

Sur son avant-bras, j'avais remarqué la première fois, une série de chiffres, plus loin un cœur. Sans dire un mot, elle tira sur sa manche pour les dissimuler. On resta silencieux pendant quelques secondes, puis elle reprit.

« Tu as connu ta femme après tes études ?

– Non, pendant mon stage à Montréal, ensuite, on s'est revu, puis la vie a fait en sorte de nous réunir. »

Après cet éclaircissement, on termina le repas et je ne savais pas quoi penser de cette soirée. Sur le trajet de retour vers le parking, aucun échange n'eut lieu et avant de se quitter :

« Bon, merci pour cette soirée, si tu reviens, ce sera à mon tour de t'inviter. »

Elle s'exprima avec un grand sourire. Après un baiser sur la joue comme deux amis de longue date. Elle monta dans sa voiture et s'éloigna après un dernier geste.

Mon regard ne la quitta pas jusqu'au carrefour, puis, je démarrai en direction de la maison. J'avais passé un agréable moment, j'avais les mêmes sensations que la première fois avec sa sœur. Décidément, les jumelles avaient des points communs.

Deux jours après, je m'envolais pour Montréal. Pendant le voyage, je pensai à Lucie et à Marc, mais surtout à Tess. Je devais impérativement me décider et m'armer de courage pour lui annoncer que je quitterais son pays d'ici un mois, le temps d'organiser mon remplacement dans l'entreprise.

Cette rupture serait difficile, mais, je devais être honnête. La mère de mon fils avait été une femme admirable. J'avais murement réfléchi, ne supportant plus cette vie, je devais assumer ce choix.

Ce désire de changer ainsi que mes voyages en France avaient contribué à cette prise de décision. J'éprouvais le besoin de revenir dans mon pays et cet appel m'incitait à rompre avec le passé sans l'oublier.

J'avais beaucoup de mal à franchir le cap, et Tess le savait bien. Comme nous l'avions évoqué précédemment, cela nous procurerait du chagrin et sans aucun doute des regrets.

Ce soir-là, Tess rentra tard, elle vint se blottir et me serra très fortement contre elle.

« Tu as fait un bon voyage ?

– Oui. »

Je ne rajoutai rien, elle caressa mon visage, puis, s'endormit, épuisée par sa journée.

Je me réveillai tardivement. En me retournant, je vis sa place vide. Aucun bruit dans la maison, elle était sûrement au bureau, elle arrivait constamment la première. Je pris une douche et après mon petit-déjeuner, j'allai travailler. Elle me vit passer dans le couloir et me fit signe.

« Tu aurais pu farnienter ce matin.

– Je dois te parler, Tess... »

Elle se leva, vint vers moi, m'embrassa et ferma la porte de son bureau.

« Je sais, Alexandre, j'ai compris depuis longtemps que tu étouffais au sein de l'entreprise... Tu veux quitter ton poste ?

– Tout à fait, mais pas seulement. »

Elle s'assit, ne réagissant pas, je poursuivis :

« Dans un mois, je vais quitter le Canada et repartir dans mon pays. »

Elle resta silencieuse, seulement dans son regard, je vis de la mélancolie. Elle le savait depuis notre dernière conversation. Mais elle espérait éventuellement me faire changer d'avis.

Sa collaboratrice tapa à sa porte avec un dossier à la main, elle lui fit signe d'attendre. Tess ne me quittait pas des yeux.

« On pourra rester amis, Alexandre ?

– Absolument, Tess, j'ai passé avec toi les meilleures années de ma vie et on a Nathan... Je n'oublierai jamais tout ce que l'on a vécu ensemble.

– Avant ton départ, on pourra manger une dernière fois dans notre restaurant ?

– Bien sûr, à toi de choisir la date. »

On discuta ensuite de l'organisation de mon service afin de ne pas perturber le fonctionnement de l'entreprise.

Après une heure, je sortis de son bureau, nous nous fîmes un signe de la main. Elle prit son téléphone pour joindre sa collaboratrice, elle replongeait dans son job.

J'informais mon adjoint qu'il prendrait la direction du service avant la fin du mois. Stupéfait, sans explications, il me remercia. Je ne restai pas au bureau, je flânai sur les boulevards, le cœur lourd.

Ce climat particulier à Montréal, l'accent des Québécois que je n'avais pas complètement adopté, tout cela me manquerait pendant un certain temps, tout comme Tess. Je me promenai toute la matinée sur les berges du Saint-Laurent, sans but précis.

Je repassai ensuite à la société où mon adjoint avait besoin de me consulter sur plusieurs dossiers, puis je regagnai notre domicile.

Tess arriva de bonne heure, comme d'habitude, on parla de notre journée, sans faire allusion à notre future séparation. Les jours s'écoulaient, semblables les uns aux autres, mon départ se profilait à l'horizon et Tess paraissait de plus en plus anxieuse. Ce matin-là, elle me rappela notre rendez-vous au restaurant qu'elle avait pris quelques jours auparavant.

« Alexandre, tu n'oublies pas, ce midi, on mange ensemble.

– Ne t'inquiète pas, je serai là. »

Je déposai un baiser sur ses lèvres, elle fut surprise, prit son sac et son trousseau de clefs sur la tablette de l'entrée et sortit en se retournant.

À midi, j'étais assis à une table près de la baie vitrée, j'avais commandé son cocktail habituel. En l'attendant, je me remémorai notre rencontre.

« Ce jour où j'implorai mon ami étudiant de stopper son véhicule pour aider cette jeune femme en difficulté sur le bord de la route. Pouce levé, elle cherchait une âme charitable pour la dépanner, elle l'avait trouvée. En venant au-devant de cette attirante personne, je n'imaginais pas qu'elle me charmerait au point d'en tomber amoureux et de l'épouser un an après.

Je me souviens encore de son sourire en me remerciant, quand je lui prêtais mon portable. Je restai avec elle pour lui tenir compagnie jusqu'à l'arrivée de son père. À ce moment, je réalisai tout de suite que j'avais l'obligation de me tenir à l'écart quand je vis son paternel m'inspecter, d'autant plus que c'était mon patron. »

Ces souvenirs me donnèrent de la joie, le serveur passant à côté de la table se retourna plusieurs fois, il devait s'interroger : pourquoi j'étais hilare.

« On s'est revu souvent, à l'université et parfois en dehors. Pourtant, je faisais tout pour l'éviter. je tenais à terminer mon stage sans accroc, une excellente note était primordiale pour mon diplôme. Tess venait inlassablement au-devant de moi quand je sortais de mes cours, on passait un moment comme deux amis.

Elle insistait parfois lourdement pour que l'on passe du temps ensemble, et moi, je m'efforçais de trouver une excuse valable pour me dérober, du moins tant que j'étais en stage dans l'entreprise de son paternel. Mais c'était sans compter sur la détermination et les sentiments de Tess, le jour de son anniversaire fut pour moi une épreuve, surtout quand elle m'embrassa sur la terrasse devant ses parents.

Elle bravait son père, elle m'imposa dans sa famille très aisée et dans son cercle d'amis. Elle était sublime et je succombai à son amour.

Notre mariage fut une immense fête, mes parents avaient fait le voyage et étaient fiers de moi. Ma femme était rayonnante et satisfaite, et moi, j'étais aux anges.

Pendant des années, nous avons travaillé en-
semble aux côtés de son père. On a vécu de
tendres moments, la naissance de Nathan,
nos week-ends dans le chalet familial, nos
promenades et nos joggings le matin autour
du lac, nos pique-niques improvisés... »

Attiré subitement par la foule qui déambu-
lait sur le trottoir, je vis ma femme qui marchait
d'un pas agile. Sa démarche chaloupée et spor-
tive me fit plaisir. Habillée d'un pantalon noir,
d'un chemisier rouge avec une veste en cuir, sa
chevelure en totale liberté, Tess était comme à
l'accoutumée ravissante.

Elle se présenta devant moi avec un grand
sourire et s'assit rapidement.

« Je ne suis pas en avance.

– J'ai tout mon temps, Tess.

– Tu as commandé ma boisson préférée,
merci beaucoup pour cette attention. »

Elle adorait ce mélange de fruits sans alcool.

Durant le repas, de temps en temps, elle po-
sait son regard sur moi sans dire un mot, elle patientait jusqu'à ce que j'engage la discussion.

« Ça va aller, Tess ? »

J'étais extrêmement maladroit. Je pris ses mains et les serrai pour rattraper ma bévue. Son téléphone sur vibreur retentit. Elle le coupa sans consulter l'écran.

« Désolé, Tess, tu connais ma délicatesse...

– Tu as toujours été un mari exemplaire et également un père bienveillant, tu vas me manquer... J'espère que l'on restera amis ? »

Elle était au bord des larmes lorsqu'elle prononça ces mots.

« Tess, il ne peut en être autrement. »

Elle semblait rassurée et ne se hasardait pas à me proposer le divorce.

C'était mieux ainsi, pour l'instant, ce n'était pas mon intention. Son portable vibra à nouveau, il dansait et se déplaçait dangereusement jusqu'au bord de la table au risque de tomber. Je lâchai ses mains, elle le prit avant qu'il ne chute sur le sol et voyant le message hocha la tête légèrement agacée. Pendant ce temps, elle me scrutait et moi, je l'admirais.

« Tu vois, Alexandre, je ne serai jamais tranquille, je ne m'attendais pas en prenant la suite de mon père, me couper du monde et surtout te perdre... Je dois repartir au bureau. »

Le silence entre nous dura un court instant, le serveur apporta notre café. Elle le but précipitamment, prit son sac et m'envoyant un baiser, elle sortit. Sur le boulevard, elle marchait d'un pas vif, au coin de la rue, elle disparut.

Ma tasse à la main, je ne savais pas comment réagir, tout se mélangeait dans ma tête, j'éprouvais le désir de fuir. En France d'autres soucis m'attendaient : trouver un travail, aménager la maison familiale, suivre les études de notre fils et l'aider à s'installer dans un pays qu'il ne connaissait pas.

C'était là, une promesse que j'avais faite à Tess, très éloignée et qui n'avait malheureusement pas le temps.

Je terminai mon café, commandai un cognac, en le buvant, mon esprit était avec Bruno et nos soirées sur sa terrasse. Le restaurant se vidait, avant de sortir, je jetai un dernier regard pour mémoriser ce lieu où j'avais donné rendez-vous à Tess la première fois.

Un peu de nostalgie m'envahit, elle s'estompa rapidement quand je refermai la porte et que je fus pris dans le flot des personnes qui naviguaient sur le boulevard.

De retour à l'appartement, je bouclai mes bagages. Tout était prêt, mais je serais à coup sûr obligé de revenir à Montréal dans quelques semaines pour régler des formalités.

Je fus surpris le soir d'entendre la porte d'entrée se refermer. Tess était là de bonne heure, elle déposa son sac et vint vers moi.

« Tu aurais dû me prévenir, je t'aurais attendue.

– C'est difficile, tu le sais bien. »

Je rajoutai une assiette et des couverts en face de moi. Lui versai un verre de bourgogne, on trinqua, je cuisinais toujours un peu plus, pour elle qui rentrait très tard. Elle s'asseyait ensuite devant la télé, pour connaître les dernières nouvelles, puis elle venait dormir.

Là ce soir, elle mangeait avec moi, la première fois depuis des mois. Cette présence me ravissait et je déplorais que ce ne soit pas tout le temps comme ça.

« Tu pars demain, tu veux que je t'accompagne ?

– Non, Tess, tu as ton travail, tu seras obligée de courir toute la journée... Et les adieux dans une aérogare, ce n'est pas mon truc... »

Elle ne répliqua pas et continua à déguster mon plat.

J'étais couché quand elle apparut dans son pyjama. Elle vint se blottir contre moi, me serrant contre elle. Il était impossible de m'échapper tellement son étreinte était forte. On passa une dernière nuit délicieuse pleine de passion et de tendresse qui pourrait me faire regretter ma décision.

Malheureusement, ce n'était pas la première fois : il y a deux ans, elle s'était évertuée à combler son absence continuelle par cette affection épisodique et quelques jours après, son activité reprenait systématiquement le dessus.

Tess était comme son père, un bourreau de travail et elle tenait à être à la hauteur de la tâche qu'il lui avait transmise. Elle devait poursuivre le développement de l'entreprise, c'était pour elle un devoir. Notre couple en avait subi les conséquences.

Je me réveillai et tâtai sa place. Tess était debout, je l'entendais se préparer dans la salle de bain. Quand elle sortit, elle vint m'embrasser.

« Tu m'envoies un message dès ton arrivée ?

– Oui, ne t'inquiète pas.

– Bon voyage et donne-moi de tes nouvelles. »

Je fis un signe de tête pour confirmer, elle referma la porte de la chambre. L'appartement était subitement silencieux, je réservai un taxi et finis de me préparer.

Mon téléphone sonna ; le chauffeur était en bas. Je pris mes valises et avant de sortir de l'appartement, je jetai un dernier coup d'œil.

J'avais beaucoup de mal à quitter cet environnement, tourner la page serait excessivement dur, vingt-deux ans de vie commune ne pourraient en aucun cas s'effacer. Ancrés en moi, les souvenirs perdureraient principalement en raison de leur caractère exceptionnel.

TESS

Quand j'ai refermé la porte, mon cœur s'est brisé, c'était terminé, mon amour de mari ne reviendrait plus. Ce soir, quand je rentrerais, je serais seule. Je ne pourrais plus me lover contre lui et sentir sa présence.

Une page se tourne et j'ai de nombreux regrets, mais c'est ainsi, ce sera mieux pour lui, je n'ai pas la possibilité ni la volonté de le retenir. À ses yeux, cette existence ressemble à une prison, et je comprends pourquoi il souhaite s'échapper.

Je sanglote et ce chagrin envahit tout mon être. Un coup de klaxon me fait revenir à la réalité, le feu est au vert et les gens impatients n'ont que faire de ma souffrance. Je démarre et j'arrive à la société.

Sur le parking, je ne sors pas immédiatement de ma voiture. J'examine mon visage dans le rétroviseur et fais quelques retouches afin de cacher mon désarroi. Il est nécessaire que je me ressaisisse, la journée en effet sera longue.

Elle fut éprouvante, je songeais à Alexandre et à notre vie d'avant. Je restai tard au bureau, je n'avais aucune envie d'errer comme une âme en peine dans ce grand appartement.

Il était vingt-trois heures quand j'y pénétrai, tout était silencieux et je grignotai dans la cuisine. Ensuite, je m'allongeai, la fatigue me submergea et je sombrai dans le sommeil.

Chapitre VI

ALEXANDRE

Comme à son habitude, Bruno était là; notre conversation de la semaine précédente m'avait permis de le mettre au courant de ma décision.

On fut rapidement rendus chez lui, il était 11 h. J'adressai un message à Tess pour la tenir au courant. Je repris ma chambre habituelle, je logerais chez lui pendant les travaux que j'envisageais dans ma maison.

« Bon, Alexandre, tu es là définitivement ?

– Normalement, oui, il est indispensable que je trouve du travail, que j'aménage mon domicile.

– Bah, ça va t'occuper, et pour le reste ?

– Tu veux parler de ma recherche de la vérité concernant l'accident de Léa ?

– Entre autres.

– Je vais revoir Marc... J'ai le sentiment qu'il me cache quelque chose.

– Et Lucie, après ton dîner avec elle ?

– Je ne sais pas, elle doit m'inviter, je passerai à l'officine demain. »

Bruno s'absenta pour son travail, je restai seul avec mes pensées, assis sur un fauteuil de la terrasse, je mesurais tout le travail que je devais réaliser afin de libérer mon ami de ma présence.

J'envoyai un message à Nathan pour lui annoncer que j'étais en France et s'il avait besoin de se confier ou bien de mon aide, je pouvais venir à Londres.

Il me répondit tout de suite qu'il se portait très bien et qu'il s'était fait des amis, donc tout allait pour le mieux.

Je me sentis apaisé, car il n'évoqua pas ma rupture avec sa mère. Ensemble, nous lui avions expliqué, et il avait accepté la situation. Pour lui, l'essentiel était que ses parents gardent une relation amicale et étroite.

Le lendemain, je pris la petite Fiat pour effectuer le trajet jusqu'à la maison de convalescence. Je saluai la personne à l'accueil et me dirigeai vers le parc.

Au loin, je ne vis pas Marc à l'endroit habituel, je revins pour me renseigner.

« Excusez-moi, Marc Ledoin n'est pas dans le parc, serait-il dans sa chambre ?

– Oui, monsieur. »

Je la remerciai et pris la direction de l'ascenseur. Devant la chambre 223, j'hésitai un instant et frappai. J'entendis faiblement sa voix me priant d'entrer.

Quand je le vis alité avec un teint pâlichon, et sur la table des boîtes de médicaments, je devinai que sa santé s'était aggravée.

« Ah, le Canadien, enfin une visite qui va me redonner le moral. » S'exclama-t-il.

Je m'assis près du lit sur la seule chaise de la chambre.

« Comment vas-tu depuis ma dernière visite ?

– Pas très bien, ma maladie fait son chemin, les médecins font leur possible pour retarder l'échéance. »

Je tentai de le réconforter. Peu après, il me montra son album de photos, des voyages qu'il avait faits avec sa femme. Je revis ainsi Léa en Égypte visitant les pyramides.

Interrompu par l'infirmière qui venait faire les soins, Marc referma l'album et moi, je sortis un instant. Ensuite, je restai un moment et voyant qu'il avait besoin de se reposer, je me levai.

« Bon, Marc, je reviendrai dans une semaine, tu as besoin de quelque chose ?

– Non, juste ta présence, pour me changer les idées, je ne supposais pas que l'ex-ami de ma femme était aussi sympathique. Léa m'avait longuement parlé de toi, je ne t'imaginais pas comme cela. »

Je le saluai et sortis, tombant nez à nez avec l'infirmière.

« Pardonnez-moi, comment va Marc Ledoin ? »

Elle se tourna vers moi :

« Je ne peux rien vous dire, seulement, vous conseiller de venir le voir et profiter de lui le plus souvent possible. »

Je compris : sa maladie le rongeait.

« Il n'en a plus pour longtemps... C'est ce que vous tentez de me faire comprendre ? »

Elle cligna des yeux, restant silencieuse. Je la remerciai et partis.

Je pressentis qu'il était en phase finale, cela m'attristait. Au retour, je passai à la pharmacie,

Lucie terminait avec un client, elle me vit et me fit un signe. Elle s'adressa à sa collègue qui rangeait des médicaments dans un tiroir.

« Fabienne, tu peux servir monsieur, il ne prend que de l'aspirine. »

J'éclatai de rire, sa collègue surprise, d'un air sérieux :

« Combien de boîtes, monsieur ? »

Lucie ayant terminé, pouffa de rire en la voyant désorientée par notre réaction.

Elle m'attira dans un coin de la boutique :

« Tu es revenu, tu restes longtemps ?

– Oui, je vais m'installer dans la maison de mes parents et travailler dans la région... Si je trouve un emploi. »

Lucie eut une attitude qui m'étonna, elle était satisfaite et réjouie.

« Je te dois un repas. » Dit-elle euphorique.

« Je ne suis pas venu pour ça, je viens de voir Marc, il est au plus mal... Tu savais ?

– Non, la dernière fois que je suis passée, c'était une semaine après ton départ. J'irai samedi après-midi.

– Tu as raison, j'ai bien peur... »

Des clients étaient proches de nous, je me tus. Lucie me dévisagea, sa façon de se comporter me troublait.

« Tu es libre ce soir ? Je suis tenue de payer ma dette. » Dit-elle avec son beau sourire.

« Oui, on se retrouve comme la dernière fois. »

Fabienne, sa collaboratrice l'appela, elle m'abandonna, je pris congé.

Il était 19 h 20 quand je me garai, la pharmacie n'était pas fermée, il y avait encore des clients. J'attendis la sortie de Lucie dans la voiture. Elle vint vers moi d'un pas rapide.

« Désolée, j'ai eu du monde aujourd'hui.

– Ce n'est pas dramatique, j'ai tout mon temps. On retourne au même endroit ou tu préfères dîner ailleurs ?

– Non, on va chez Albert. »

Étonné, je me tournai vers elle.

« C'est le prénom du patron du restaurant de la dernière fois ? » lançai-je.

Elle acquiesça et on avança.

D'humeur joyeuse, elle m'intimidait et je ne m'aventurai pas à lui demander la raison.

On passa une soirée délicieuse, on aborda un instant la santé de son beau-frère, je lui racontai mon entrevue de l'après-midi. Elle me promit de passer lui rendre visite ; à aucun moment, on ne fit allusion à Léa.

À la fin de la soirée, je la raccompagnai jusqu'à sa voiture, et elle démarra rapidement en me faisant un signe. J'avais beaucoup de mal à communiquer avec elle, j'avais constamment l'impression de dialoguer avec sa sœur. Je marchai en direction du parking, il n'y avait pas grand monde dans les rues, je croisai une dame âgée promenant un caniche, je la saluai et pénétrai dans la Fiat.

Les deux mains sur le volant, des souvenirs de Léa traversaient mon esprit. La personne qui promenait son chien repassa, elle m'observa un instant et continua son chemin. Je me résolus à rentrer.

Olaf ne se leva pas de la terrasse, il bougea la queue pour me souhaiter la bienvenue, il avait commencé sa nuit. Le chat attendait ma venue, il miaulait, il avait faim, sa gamelle étant vide.

Puis, je montai dans ma chambre et m'endormis rapidement.

Cinq jours plus tard, mon téléphone sonna, c'était un numéro inconnu, je le saisissais trop tardivement pour décrocher. Je reçus un message qui venait de la maison de convalescence.

« Monsieur Alexandre Lefranc, monsieur Ledoin souhaiterait que vous passiez sans tarder. »

Curieux, je contactai immédiatement mon interlocuteur.

« Bonjour, vous venez de m'appeler.

– Oui, c'est à propos de Marc Ledoin. Il désirerait vous voir aujourd'hui, si cela vous convient, ou sinon demain matin.

– Pourquoi ? Son état a empiré ?

– Je ne peux rien vous dire, monsieur, je transmets juste sa requête. »

Je le remerciai et raccrochai pour partir immédiatement. Pendant le trajet, je réfléchissais, pourquoi Marc exigeait que je vienne rapidement ? Sa santé devait se détériorer. Qu'avait-il à me dire d'aussi urgent ? Je pénétrai dans sa chambre. Il était ravi que je sois là.

« Merci d'être venu aussi vite Alexandre, assied-toi.

Alexandre... Mon état se dégrade, j'ai vu Lucie samedi, je l'ai conjurée de ne plus revenir, et toi, je te prie de faire la même chose.

– Pourquoi ? » Insistai-je déconcerté.

Il soutint mon regard et l'air profondément sérieux :

« Parce que je suis au bout du chemin, je vais rejoindre Léa... Je ne veux pas que vous assistiez à mon agonie. »

J'acquiesçai, attristé par sa décision, il resta un moment sans dire un mot, puis reprit.

« Il est indispensable que je te dise la vérité sur l'accident, je me suis aperçu à travers tes questions que tu avais des doutes. »

Il avait beaucoup de mal à s'exprimer, sûrement à cause des traitements qui soulageaient sa douleur.

« Alexandre... Entre Léa et moi, ce fut merveilleux dès le premier jour, ensuite, son caractère changea et notre couple n'était pas au mieux quand on a eu ce malheureux accident. On revenait de chez des amis, en sortant de ce repas trop arrosé. Je ne pris pas le volant, je n'étais pas en mesure de le faire. »

Il stoppa un instant pour reprendre son souffle et poursuivit.

« Léa n'appréciait pas de conduire la nuit, seulement, elle fut dans l'obligation de le

faire vu mon état. Je m'assoupis à côté d'elle... Instinctivement, j'ai ouvert les yeux, c'est à coup sûr le flash du radar qui me fit prendre conscience qu'elle roulait beaucoup trop vite. Je lui ai fait la remarque, on s'est disputé à nouveau.

Quand j'ai vu le mur de la propriété dans les feux de route, je l'ai suppliée de freiner, elle n'a pas obtempéré. Elle était paniquée, elle m'a supplié de l'aider.

Chaque nuit depuis l'accident, je revois le mur se précipitant vers nous à toute allure, je me réveille en sueur lucide que c'est de ma faute. J'aurais dû m'abstenir de boire comme à chaque fois que l'on rentrait tard. Seulement, avant cette soirée, elle m'avait fait des reproches et moi, avec mes amis, je me suis laissé aller. »

Je ne disais rien. Des larmes glissaient lentement sur ses joues, d'un revers de manche de son pyjama, il les chassa.

« Alexandre, c'est moi qui suis responsable de la mort de Léa. Beaucoup supposent qu'elle a voulu se suicider, mais ils ont tort. Léa débordait de joie de vivre et avait des projets. Elle réalisa avant le choc qu'elle rou-

lait trop vite et qu'elle ne maîtrisait plus sa trajectoire et cria :

Marc... Marc, mon chéri, aide-moi ! J'ai saisi le volant afin de le tourner pour éviter la collision, malheureusement, c'était déjà trop tard. Ensuite, le trou noir, je me réveillai huit jours après sur un lit d'hôpital où on m'annonça sa mort. Tout s'écroula autour de moi, je ne sentais plus mes jambes, mais qu'importait que je ne puisse plus marcher puisque Léa n'était plus là. »

Marc s'arrêta, les larmes m'aveuglèrent, j'étais choqué par son récit et ne pus prononcer le moindre mot.

La femme que nous avions aimée tous les deux avait disparu, et j'avais beaucoup de peine à réagir.

C'est lui qui continua après s'être ressaisis.

« Alexandre, prends l'album qui est dans le petit meuble, je vais te montrer des photos de Léa et de nos vacances, de notre vie heureuse. »

Je n'avais pas trop le cœur à regarder les images de leur bonheur, alors qu'elle avait rompu avec moi, je m'exécutai quand même pour lui faire plaisir.

Je revis ainsi Léa, son mariage, son voyage de noces, ses anniversaires. Surpris par une photo d'elle en maillot de bain, je me permis d'intervenir.

« Léa avait supprimé son tatouage ?

– Quel tatouage ?

– Le dauphin sur son épaule droite. »

Marc leva la tête, abasourdi.

« Léa n'a jamais eu de tatouage, elle en avait horreur. »

Je ne répliquai pas tout de suite, mais ma curiosité prit le dessus.

« Marc, quand j'ai passé un week-end à Venise avec elle, elle en avait un sur l'épaule, je peux te le confirmer. »

Marc eut un large sourire et tourna la page pour visualiser la photo de sa femme.

« Alexandre, elle a été prise un an après ton fameux week-end à Venise. Tu peux constater qu'il n'y a rien sur son épaule. »

Je relevai la tête, dans un premier temps, je m'interrogeai, je scrutai à nouveau la photo et la date. Il n'y avait pas de doute, aucun tatouage. Stupéfait par cette révélation, j'étais absolument perdu.

Je n'avais pas rêvé, Léa avait bien un dauphin bleu, je revoyais très bien cette image. D'un seul coup, mon esprit réagissait. Je réalisai que ce ne pouvait pas être Léa qui était venue avec moi. Mais dans ces conditions, qui était-ce ? Sa sœur, Lucie ! Elle devait adorer se faire tatouer, elle en avait un sur son bras droit. Une phrase de Léa me revint à l'esprit :

« Elle m'avait affirmé qu'elle était fille unique ! »

Lucie, aurait-elle remplacé Léa ? Ce n'était pas croyable. C'était indéniable en voyant la photo de l'album, et moi, je ne m'étais aperçu de rien. À présent, je commençais à comprendre pourquoi Lucie me troublait autant et pourquoi elle était si gênée les premières fois que l'on s'était vus.

Je ne connaissais pas la raison de cette substitution... Enfin si, parce que Léa avait décidé de partir avec Marc !

Il était impératif que je rencontre Lucie pour avoir des explications. Tout s'embrouillait dans ma tête. Marc fatiguait, je décidai de le laisser se reposer.

Il me remercia pour ma visite, à aucun moment, je ne lui avais dévoilé le contenu de la lettre que Léa m'avait adressée, et mes doutes concernant l'accident s'estompèrent pour être remplacés par d'autres préoccupations.

Je pris le temps de lui dire au revoir, qui serait forcément un adieu. Avant de refermer la porte, je me retournai, il s'endormait. Je quittai la maison de convalescence complètement abattu. Je ne repartis pas tout de suite, je marchai dans le parc, je m'assis un moment sur le banc près du marronnier pour méditer.

Des images du séjour à Venise traversèrent mon esprit, Léa ou Lucie, je ne savais plus, heureuse, me tenant par la main et déambulant sur la place Saint-Marc en courant après les pigeons qui s'envolaient. Son sourire, sa manière de se câliner et sa façon de se cramponner parfois à mon bras qu'elle tenait fermement. Nos nuits l'un contre l'autre à nous aimer.

Tout ceci me rendait nostalgique, je regrettais tous ces moments.

En y repensant, j'avais découvert un changement d'attitude entre nos premières sorties et ce séjour en Italie. Elle était plus proche, plus amoureuse, c'est aussi pourquoi huit jours après, je ne compris pas sa rupture.

Et si Marc avait raison ?

Si la Léa que j'avais adorée était en fin de compte sa sœur !

Tout était confus dans ma tête, je devais avoir une explication avec Lucie.

Je continuai à gamberger ; pour quelle raison Lucie n'avait pas évoqué ce moment passé ensemble lorsque j'avais parlé de Léa. Une soignante qui promenait un patient m'interpella :

« Vous allez bien, monsieur ? »

Je sortis de ma méditation et lui répondis.

« Oui, très bien, merci beaucoup. »

Je ne lui disais pas la vérité, tout se mélangeait et la dernière vision de Marc m'attristait, c'était un chic type. Je me levai pour regagner ma voiture. Je devais impérativement voir Lucie pour éclaircir différents points.

La dernière fois, elle m'avait donné son adresse, elle demeurait près de chez Bruno. Pendant le trajet, je réexaminai tout ce que je venais d'apprendre. Un peu perdu, je me garai devant chez elle et sonnai.

C'est sa fille qui ouvra et vint vers moi :

« Ah, c'est vous ? Ma mère est absente.

– Je peux la joindre quand ?

– Vous ne pourrez pas lui téléphoner avant la fin de la journée, car elle a été travailler sans son portable.

– Ce n'est pas grave, merci beaucoup. »

Je fis demi-tour et faillis bousculer une dame sur le trottoir, elle me dévisagea.

« Désolé, madame. »

Je continuai mon chemin, j'entendis :

« Bonjour Mamie, Maman n'est pas là.

– Tant pis, ma petite-fille, je vais l'attendre avec toi. »

À ces paroles, tourné vers elles, j'aperçus la mère de Lucie qui ne me quittait pas des yeux.

« J'espère que l'on aura l'occasion de se revoir. » Dit Léna.

Elle me fit un signe de la main, et je fus éberlué par le comportement de sa grand-mère, qui restait silencieuse tout en m'examinant. J'avais fait à peine deux pas que je me retournai, son regard inflexible m'observait sans relâche.

« J'ai la vague impression que je vous connais, cher monsieur !

– C'est possible, madame, il y a plus de vingt ans, j'ai bien connu votre fille Léa. »

Elle ne riposta pas, je montai dans la Fiat, tandis qu'elles entraient dans la maison.

En arrivant, je vis la voiture de Bruno, il était rentré plus tôt que prévu. Je n'étais pas bien, toute cette journée m'avait ébranlé et mon ami le remarqua immédiatement.

« Toi, ça n'a pas l'air d'être la forme !

– Non, j'ai besoin d'un réconfort, d'un conseil d'ami, si tu vois ce que je veux dire.

– Pas exactement, raconte-moi ce qui te tracasse. »

Sur la terrasse, assis l'un en face de l'autre, je lui relatai les événements de ces derniers jours, et surtout ceux d'aujourd'hui.

« Bah, dis-donc, ça ne m'étonne pas que tu sois perturbé, tu aurais passé ces deux jours avec Lucie et non Léa... Tu fais fort, mon ami.

– Je suis complètement désemparé, il est nécessaire que j'aie une explication avec elle.

– C'est incontestable, bon, on va prendre un verre et changer de sujet. »

Il se leva et revint avec une bouteille de vin et deux verres qu'il remplit à moitié.

« Bois ce petit vin de bourgogne et ne pense plus aux jumelles. »

On discuta de son voyage et des amis qui désiraient refaire un week-end comme la dernière fois.

Le repas et la présence de Bruno me permirent de me relaxer. Après le dîner, on contempla le coucher de soleil, un verre de cognac à la main, le silence régnait dans ce coin de campagne, Olaf et le chat dormaient à nos pieds.

Je n'eus aucune nouvelle de Lucie dans la soirée, le lendemain matin, guère plus. Je passai chez moi afin de continuer à faire le tri et à ranger avant d'effectuer les travaux. J'eus un appel, ce n'était pas Lucie, mais le numéro de la maison de convalescence.

« Bonjour, monsieur Alexandre Lefranc ?

– Oui.

– J'ai une triste nouvelle. »

Je compris immédiatement, la personne avait une voix solennelle.

« Votre ami Marc Ledoin vient de décéder, il vous a laissé un mot, vous pourrez le retirer à l'accueil. »

Je ne pus réagir, ma visite de la veille avait été brève et quand je l'avais laissé, il était bien.

« Vous êtes toujours là, monsieur ?

– Tout à fait... Je l'ai vu hier. Ce n'est pas imaginable !

– Malheureusement, il était au plus mal, il ne souhaitait pas vous le montrer, les médecins ne lui avaient donné que quelques jours. Navrée, monsieur.

– Merci de m'avoir prévenu, je vais passer. »

La communication terminée, je m'assis sur le siège qui était la plus proche, anéanti par la nouvelle. En larmes, je pris ma tête entre les mains. La sonnerie retentit à nouveau, c'était Lucie.

« Bonjour Alexandre, tu es passé à la maison ?

– Absolument, j'avais une question à te poser, seulement, vu les circonstances, on en discutera un peu plus tard. »

J'avais la gorge nouée quand je lui annonçai la mort de Marc. Elle avait eu un appel, débordée par les clients, elle n'avait pas décroché.

Je partis immédiatement à la maison de santé.

À l'accueil, on me remit son courrier, je saluai le personnel et m'installai dans la voiture pour en saisir le contenu.

« Cher ami de dernière heure,

*Quand tu liras ma lettre, je serai près de Léa.
J'ai tant de choses à me faire pardonner. J'espère qu'elle acceptera de m'entendre. On a eu
une vie intense tous les deux, malheureusement la fin n'a pas été digne. J'aurais pris
plaisir à te connaître plus longtemps, je ne
suis pas étonné que Léa soit sortie avec toi,
tu es un homme bien.*

*Je présume que concernant la mort de ma
femme, tu n'as plus de doute.*

*Elle t'avait adressé une lettre pour s'excuser
pour le week-end à Venise et la rupture, c'est
ce qu'elle m'avait dit. Je suppose qu'avec le
temps, tu lui avais pardonné.*

*Je te conseille de te rapprocher de sa sœur
pour connaître toute la vérité sur ton week-
end. Elles étaient parfois très complices,
comme toutes les jumelles.*

*Sois heureux, l'ami, et profite de la vie, elle
est parfois trop courte.*

Salut. »

Je l'ai relu plusieurs fois, il était donc au
courant de la correspondance de Léa, seulement,

il n'en connaissait pas la teneur, peu importait maintenant.

Le courrier à la main, j'allai démarrer quand une voiture stationna. C'était Lucie, elle se précipita en direction du bâtiment administratif, en sortit très rapidement, une enveloppe à la main. Elle repartit à vive allure, je regagnai la maison.

Bruno vit ma tête, il passa la soirée à tenter de me réconforter. Toutefois, mon esprit était ailleurs, je voyais Marc et me remémorai toutes nos discussions. Il convenait que j'aie un entretien avec Lucie pour éclaircir ce qui s'était passé, il y a vingt-trois ans et je ne devais pas actuellement l'embêter alors que son beau-frère venait de décéder.

En attendant l'enterrement, je passai le plus clair de mon temps à faire du rangement. Cela m'occupait l'esprit et c'était mieux ainsi.

Le jour de la cérémonie, je me fis discret, il y avait du monde, et je ne connaissais que Lucie avec sa fille et sa mère, je restai à bonne distance.

Durant les obsèques, à aucun moment, Lucie ne tourna la tête vers moi. Par contre, le regard de sa mère était insistant et me mettait mal à l'aise. Je m'échappai dès la fin.

Dans l'après-midi, assis sur le banc près de l'étang, je songeais aux paroles de Marc sur Léa et sa sœur. Sa disparition était une nouvelle page qui se tournait que j'eus beaucoup de mal à assumer. Bruno me fit signe de loin, je me dirigeai vers la maison. J'eus un appel, c'était un numéro que je ne reconnus pas, je ne décrochai pas, je repartais quand un bip signala un message.

Je l'écoutai, il était de la fille de Lucie, elle sanglotait.

« Ma Mamie vient de m'apprendre que tu serais mon père, est-ce la vérité ?

Pourquoi tu ne me l'as pas dit, ça fait vingt-deux ans que j'attends ton retour, j'aurais pris tant de satisfaction à te connaître bien que tu nous aies abandonnées à ma naissance. Tu ne dois pas avoir beaucoup d'amour pour nous, pour te comporter ainsi. »

Elle continua sur le même ton en prononçant à mon égard, des mots blessants. J'étais stupéfait et choqué par ses déclarations.

Pour quelle raison sa grand-mère avait affirmé que j'étais son géniteur et de surcroit que j'avais abandonné Lucie et sa fille ?

La situation m'échappait complètement. Désorienté, je rappelai deux fois Léna, en tombant à chaque fois sur sa messagerie. Je l'implo-

rai de me contacter rapidement, malheureusement sans succès.

Sa réaction brutale était justifiée pour elle.
Néanmoins, je n'y étais pour rien et surtout pas
son père.

Un instant de réflexion plus tard, les paroles
de Marc me revinrent en mémoire, ainsi que mes
propres interrogations. Je revis la photo de Léa
en maillot de bain, aucun tatouage sur son
épaule. Léa à Venise avait un petit dauphin, j'en
étais absolument sûr.

Brusquement, je m'assis complètement
désemparé.

« Si c'était effectivement Lucie ? Alors Léna
pouvait être ma fille, vu son âge. »

Je le réalisai subitement, Bruno qui avait
préparé l'apéritif et un pique-nique pour passer la
soirée, fut sidéré en m'entendant m'exprimer à
voix haute.

« Que t'arrive-t-il, mon ami ? Tu parles avec
qui ? »

Il déposa son plateau et s'assit en face de
moi, curieux de me voir ainsi.

« Tu es blême, tu as vu un fantôme ? » Lança-t-il.

Il me tendit un verre de vin que je bus d'un trait.

« Holà, doucement mon ami ! »

Je lui expliquai ce qui m'arrivait. Il était ca-catastrophé et répliqua immédiatement.

« Donc, non seulement, tu aurais passé le week-end avec la sœur de Léa, mais en plus, sa fille Léna... Serait ta fille ! »

Bruno venait de me resservir. Le verre à la main, mon esprit vagabondait, je n'étais plus avec lui, mais à Venise. Le film de notre week-end défilait, la joie de Léa ou Lucie. Nos jour-nées délicieuses et la volupté de nos nuits.

Je me levai sans dire un mot, saisis mon por-table. Ne pouvant me justifier auprès de Léna, je téléphonai à sa mère et tombai sur sa messagerie.

Je la suppliai de me joindre de toute ur-gence, car je devais connaître la vérité le plus ra-pidement possible.

Lucie devait tout me raconter, j'attendais avec beaucoup de fébrilité. Me voyant en perdi-tion complète et pour me soutenir, Bruno inter-vint.

« Tu nous en fais de belles, le Canadien, tu ne viens pas souvent, franchement, si tout cela s'avère exact... »

Il stoppa, mon téléphone sonnait, je le saisis, c'était Lucie.

« Bonsoir, Alexandre, Léna est enfermée dans sa chambre, elle pleure et ne veut pas m'ouvrir. Ma mère est repartie chez elle dès que je suis arrivée. Elle ne veut rien me dire.

– Lucie, j'ai reçu un message de ta fille, en colère contre moi... D'après elle, je serais son père, il faut que l'on se voit.

– Non, ce n'est pas possible... Pourquoi elle t'a dit cela ?

– Je ne peux pas venir, je suis chez Bruno et je ne suis pas en état de conduire !

– Alors, je viens, si ton ami le permet ? »

Bruno, qui écoutait la conversation que j'avais mise sur haut-parleur, cligna des paupières. Je lui confirmai et on raccrocha. J'avais ressenti dans notre échange que Lucie était catastrophée et mes doutes semblaient se confirmer.

Léna était assurément ma fille, sa mère avait donc passé le week-end avec moi. J'attendais sa venue pour en avoir la certitude. Seulement, j'étais de plus en plus convaincu que Lucie avait remplacé sa sœur. Cette jeune femme que j'avais aimée comme un fou pendant ces deux jours.

J'avais envisagé de vivre avec elle, les projets que l'on avait évoqués pendant notre séjour
me revenaient. Atterré, entièrement perdu, regardant Bruno, je lâchai :

« C'est évident, Léna serait donc ma fille. »

Je compris subitement son comportement et
qu'elle soit en colère contre moi.

Lucie tardait, Bruno restait silencieux et
m'examinait.

Chapitre VII

Trente minutes après, Lucie le visage défait approcha de la terrasse. Bruno la salua avant de nous laisser seuls. Je l'emmenai en direction du banc près du plan d'eau et elle s'assit à côté de moi.

« Tu peux me faire écouter le message de ma fille ? »

Je lui tendis mon téléphone. À l'écoute des paroles de Léna, elle devint livide. Elle le posa et prit sa tête entre ses mains.

Elle marmonna plusieurs fois :

« Ça n'aurait, en aucun cas, dû se passer comme cela... Jamais. »

Elle leva la tête et je vis ses yeux larmoyants. Je restai sans réaction. Elle devait percevoir mon étonnement et mon agacement car la situation m'échappait radicalement.

« Ma mère n'aurait pas dû informer Léna de ce qu'elle savait, je l'avais implorée... Seulement, c'était trop pour elle... Je suis désolée pour toutes les paroles qu'elle a prononcées à ton encontre. »

J'étais comme tétanisé, incapable d'émettre un seul mot. Lucie, bouleversée pleurait et ses larmes qui coulaient sur ses pommettes, la rendaient encore plus ravissante. Après quelques minutes qui me parurent interminables, elle se ressaisit :

« Alexandre, j'ai à te parler, cela fait maintenant vingt-trois ans que je garde en moi ce secret, il est temps que tu saches la vérité.

Tu te souviens de ton voyage à Venise avec ma sœur Léa ? »

Elle stoppa.

« Très bien, justement, j'ai des doutes et je commence à comprendre. »

Après un long silence, elle se lança.

« C'était moi, sa sœur jumelle, et non Léa. Elle ne comptait pas venir avec toi, elle désirait annuler le séjour alors que tu avais tout organisé. Elle souhaitait partir une semaine en Espagne avec Marc, qui est devenu son mari l'année suivante. Elle s'est confiée, elle ne savait pas comment te l'annoncer. Je trouvai cela écœurant, alors elle me proposa de la remplacer.

Tu n'es pas obligée de coucher avec lui, tu prétexteras que tu es indisposée, il est compréhensif, il n'insistera pas et toi, tu bénéficieras de ces deux jours.

Elle parvint à me convaincre, alors, moi qui étais continuellement en jogging avec une queue-de-cheval et des lunettes, elle me métamorphosa en Léa. »

J'étais abasourdi par sa confession, Marc avait donc raison ! Son visage était marqué par une inquiétude croissante, me voyant réservé, elle reprit :

« Seulement, j'avais omis que j'avais un tatouage que tu as immédiatement remarqué, dès notre première nuit. J'ai réussi à te convaincre qu'il était récent.

Je ne te connaissais pas, ma sœur m'avait transmis une photo de toi et quelques renseignements essentiels. Quand je t'ai vu à l'aéroport, j'ai eu le coup de foudre pour le beau jeune homme qui m'attendait.

Je ne savais pas quoi faire.

Te dire la vérité, que je n'étais pas Léa, tu m'aurais sûrement rejetée ou passer le week-end pour ensuite tout t'avouer, si tout se déroulait parfaitement entre nous.

J'ai pris une décision que je ne regrette pas,
ce furent de merveilleux moments, tu as été
adorable et mes sentiments pour toi augmen-
taient d'heure en heure. J'étais sur un nuage,
absolument folle du copain de ma sœur. Dans
l'avion du retour, je n'étais pas à l'aise, tu l'as
vu, j'hésitais à me confier, je redoutais de te
perdre.

Pendant notre séjour, on avait fait des projets
et je n'ai pas eu le courage de te révéler que
je n'étais pas celle que tu croyais. Je ne savais
pas comment sortir de ce mensonge et toi, tu
n'avais rien deviné bien que mon tatouage
t'ait surpris.

Tu m'as affirmé que j'étais différente des
autres fois que l'on allait vivre ensemble pour
toujours. »

« C'est exact, et je t'ai aimée comme un fou
et je n'ai pas compris ton revirement huit jours
après en m'annonçant ta rupture avant mon départ pour le Canada.

– Ce n'était pas moi, Alexandre !

– Je le sais à présent.

– Léa ne m'a mise au courant de sa décision
de rompre que lors de son retour. Sinon, je t'aurais appelé immédiatement. Elle aurait dû

m'avertir et que l'on en discute, me laisser le temps de tout t'expliquer.

– Enfin, Lucie, on a couché ensemble pendant ces deux nuits.

– Oui, ce fut magique, je ne le regrette absolument pas et tu as vu le résultat... Léna est une jeune femme resplendissante. »

J'acquiesçai, les paroles de son dernier message me revenaient en pleine figure. Léna était meurtrie, elle avait dû souffrir de l'absence de son père. J'étais partagé entre la colère contre Lucie et le bonheur d'avoir une fille. Je me levai et marchai au bord de l'eau. Je me retournai brusquement, Lucie, la tête entre les mains, sanglotait.

« Lucie... »

Elle me regarda, son visage décomposé me bouleversa et je me précipitai vers elle. Elle se leva d'un bond, un réflexe de peur peut-être ? Je stoppai et la pris dans mes bras. La tête sur mon épaule, elle répétait en boucle :

« Je suis désolée, je n'ai jamais eu l'intention de te faire du mal... Je t'ai toujours aimé. »

Je ne réagissais pas, je la serrais spontanément contre moi. Lucie ne disait plus rien. Après quelques minutes, elle poursuivit.

« *Quand ma sœur m'a annoncé dix jours après qu'elle avait rompu avec toi, j'étais catastrophée, j'ai tenté de te contacter, seulement, tu étais déjà parti. J'espérais que tu reviendrais à la fin de tes huit mois d'études, ce ne fut pas le cas.*

Je suis parvenue à avoir l'adresse de tes parents par ma sœur, je suis passé les voir, ils m'informèrent que tu restais au Canada. J'étais désemparée et j'ai hésité à te téléphoner ou à t'écrire.

Ensuite, plusieurs mois après, j'ai appris par ton père que tu te mariais, que tu attendais un enfant. J'ai abandonné le rêve de te revoir, de vivre avec toi et me résolus à élever seule notre fille. »

Elle s'arrêta à nouveau pour recouvrer ses esprits, puis elle continua.

« *Je t'ai attendu en vain pendant de longues années en pensant à un probable retour. Je suis heureuse aujourd'hui que tu sois là, depuis Venise, je n'ai jamais cessé de songer à toi en m'occupant de notre fille. Quand je t'ai aperçu dans la pharmacie, j'ai eu comme un coup au cœur, je ne t'ai rien dit, même quand tu as rencontré Léna, parce que je te croyais*

de passage et que tu repartirais auprès de ta
femme et de ton fils. »

J'étais assommé par son récit. Pendant ce
week-end en amoureux, j'avais constaté qu'elle
n'était pas la Léa habituelle. Toutefois, je mettais
ça sur le compte du romantisme de Venise. Nous
avions passé deux nuits absolument idylliques et
délicieuses. Marc avait raison de m'encourager à
demander des explications à Lucie.

Me voyant complètement sonné comme un
boxeur ayant reçu le mauvais coup qui le faisait
tituber, elle enchaîna :

« Alexandre, je ne pouvais plus continuer à
te mentir de la sorte... Il était inévitable que je
t'informe. J'aurais préféré t'annoncer que Léna
était ta fille différemment et le lui révéler avant
qu'elle ne t'écrive ce message. Je vais m'efforcer
de rétablir la vérité auprès de ma fille.

– Non, Lucie... De notre fille, et j'espère
qu'elle comprendra et me pardonnera mon absence. »

J'avais beaucoup de mal à encaisser ces nouvelles. Ses yeux noyés de larmes, me scrutaient.
Elle m'aimait toujours, elle venait de l'admettre
et je l'avais ressenti bien avant au plus profond
de moi.

« Pourras-tu oublier un jour ?

– Je ne sais pas, Lucie... Je regrette que tu ne m'aies pas prévenu à l'époque, que tu attendais un enfant de moi. Je n'ai pas vu grandir ma fille et elle n'a pas connu son père. »

J'étais brutal. Lucie prit sa tête entre les mains et sanglota.

« Excuse-moi, je réagis mal... Je n'aurais en aucun cas dû prononcer ces mots blessants.

– Alexandre, si tu ne veux plus me voir, j'espère que tu prendras soin de Léna, elle a besoin de son père. »

La tête à l'envers, j'étais sidéré par tous ces événements qui me submergeaient.

Dans la forêt, on percevait des bruits d'animaux qui devaient s'aventurer près du plan d'eau. La lune brillait et se reflétait sur la surface de l'eau. Des canards se promenaient tranquillement. Ce tableau bucolique m'enchanta et me fit le plus grand bien.

Depuis quelques minutes, la nature avait repris ses droits et nous apaisait tous les deux. Maintenant, je comprenais chaque reproche que Léna m'avait adressé et je ne lui en tenais pas rigueur.

Les yeux rougis et dans le vague, Lucie avait cessé de pleurer. Je saisis machinalement sa main, elle sursauta et me fit un bref sourire.

« Comment vas-tu ? »

Elle hocha la tête et aucun son ne sortit de sa bouche. J'examinai son tatouage sur son avant-bras.

« C'est quoi tous ces chiffres avec un cœur ? »

Elle eut un dernier sanglot et relevant la tête :

« Là, tu as la date de notre week-end à Venise, ensuite à l'intérieur du cœur A pour Alexandre et L pour Lucie.

– Les autres signifient quoi ?

– La date de naissance de Léna. »

Je souris, elle fit de même, je serrai fortement sa main. On resta encore un moment sur le banc sans dire le moindre mot.

« Alexandre, il faut que je rentre lui parler, ma mère est revenue pour veiller sur elle en attendant mon retour.

– Tu ne veux pas boire quelque chose, un café ?

– Non, il est tard, je dois une explication à notre fille... J'espère qu'elle acceptera de m'écouter. »

J'accompagnai Lucie à sa voiture.

« Tu veux que je l'appelle ?

– Non, c'est à moi de rétablir la vérité : je lui avais dit que son père était parti à l'aventure, je dois maintenant lui donner une version plus exacte, j'espère qu'elle m'accordera son pardon. »

Elle démarra à vive allure. Je m'assis sur un fauteuil, Olaf vint me trouver, il posa sa tête sur mes cuisses, j'avais l'impression qu'il devinait ma tristesse et toute ma peine, je le caressai pour le remercier. Bruno me dévisageait, il n'osait pas intervenir. Après quelques minutes :

« Comment vas-tu, Alexandre ?

– Comme un boxeur au bord du ko. »

Il leva son verre et dit :

« Tu es son père ?

– Tout à fait, Bruno, Léna est bien ma fille, avec Tess, on n'a jamais eu la possibilité d'avoir un deuxième enfant... C'était notre souhait d'avoir un garçon et ensuite une fille.

– Comment vas-tu annoncer cette nouvelle à ta femme ?

– Je ne sais pas, je touche le fond. »

Me voyant dans cet état, il me proposa de manger un peu et ensuite de me reposer, ce que je fis. Couché sur le lit, les images de Venise, de Marc, de Lucie s'entrechoquaient dans ma misérable tête. Il était plus de 2 h du matin quand mon portable bipa. Je consultai le message, c'était Léna.

« J'ai eu une longue discussion avec ma mère et je tenais à m'excuser. Je suis désolée d'avoir été si méchante avec vous. Je regrette tous les mots que j'ai pu vous dire, j'ai vraiment été affreuse, je ne sais pas si vous pourrez l'oublier un jour. »

Je répondis, ses remords, son chagrin me touchaient.

« Léna, tu peux me tutoyer, tu étais comme moi, tu ne savais pas. Bien sûr, que je te pardonne et j'espère te rencontrer prochainement. Surtout, n'en veux pas à ta mère, on était jeunes, elle a souffert également. C'est bien que vous vous soyez réconciliées... On aura tout le temps de faire connaissance, surtout fait attention à toi. Je t'embrasse. »

Immédiatement, je reçu le message suivant :

*« Moi aussi, je t'embrasse, une dernière ques-
tion... Je peux t'appeler papa ? »*

L'émotion me submergea et je ne pus écrire
aussitôt.

*« Bien sûr, ma fille, il faut que je m'habitue,
c'est tellement soudain, je ne t'ai pas répondu
tout de suite parce que j'étais trop ému. »*

« Merci papa, bonne nuit. »

Ces derniers mots me bouleversèrent, les
larmes coulèrent lentement sur mes joues.
L'échange s'arrêta là.

J'avais une fille de vingt-deux ans, et malgré
toutes les interrogations que je me posais, j'étais
subitement heureux.

Il faudrait que j'avertisse Tess et Nathan, là,
dans l'immédiat, je ne savais pas comment.

La fenêtre ouverte, debout, le regard dirigé
vers l'horizon, je savourais le silence, et la douceur de la nuit à peine troublé par les bruits de la
forêt.

Je ne parvenais plus à réfléchir. Tel un zom-
bi, j'avais l'impression de planer et me sentais
soulagé en même temps.

Je restai sans trop réfléchir à observer la nature pendant un long moment. À bout de force, je m'allongeai, le sommeil me venant, je m'endormis tout habillé, épuisé par cette journée particulière.

Chapitre VIII

LUCIE

Léna ne pleurait plus quand je pénétrai dans sa chambre. Pendant mon absence, elle avait dû verser toutes les larmes de son corps.

L'explication avait été douloureuse ; sur son lit, recroquevillée, son regard dans le vide, elle avait appris sans protester qu'Alexandre était bien son père et comment cette histoire s'était déroulée, il y avait maintenant tant d'années.

Ses superbes yeux rougis me fixant, elle ne savait comment réagir. Elle resta immobile, silencieuse.

Une grande tristesse m'envahit, j'avais eu tort d'attendre si longtemps avant de lui dire la vérité. Je pris sa main, elle n'eut aucune contestation.

« Pardonne-moi, ma fille, je suis désolée. »

Désemparée, je me suis levée pour partir mais je n'avais pas encore atteint la porte de sa chambre qu'elle s'écriait :

« Maman... S'il te plaît !

Enlace-moi et serre-moi contre toi comme quand j'étais enfant et que la mélancolie me submergeait. »

Elle me tendait les bras, j'éclatai en sanglots en la serrant fortement. Nous restâmes ainsi plusieurs minutes sans prononcer le moindre mot. Puis nous relâchâmes notre étreinte :

« Je t'aime, maman !

– J'espère que tu pourras me pardonner ?

– C'est déjà fait, maman... Je vais envoyer un message à mon père pour m'excuser pour tout ce que je lui ai dit.

– C'est préférable, parce que tu ne l'as pas ménagé. » Ai-je lancé tout en séchant mes larmes.

Elle prit son téléphone. Je quittai la pièce rassurée et regagnai ma chambre pour m'étendre sur mon lit, ébranlée par cet épisode.

J'éprouvai finalement un sentiment de libération, comme si un poids qui m'accablait depuis si longtemps s'était envolé.

Bien que la situation fut troublante, je repensais à notre séjour à Venise, il y avait vingt-trois ans. Le retour d'Alexandre que j'avais aperçu dans l'officine avait subitement réveillé mes souvenirs enfouis au plus profond de moi. J'adorais cet homme et durant toutes ces années, j'avais vécu sans trop y penser. Je devais vivre sans lui et élever notre fille sans lui révéler son existence. Je ne souhaitais pas briser son ménage, tout était de ma faute et je devais assumer.

Le temps aurait fait son œuvre, un jour, j'aurais dit la vérité à Léna. Les deux fois où j'avais dîné avec Alexandre, j'avais tenté d'avouer mon secret, mais ne sachant pas s'il resterait en France, j'y avais renoncé. La peur de sa réaction peut-être ou de faire du mal à ma fille, s'il repartait au Canada, je ne sais plus, tout se mélangeait dans ma tête.

Mes sentiments pour Alexandre sont toujours présents. Quand j'étais assise sur le banc à côté de lui, je n'avais qu'une envie, qu'il me prenne dans ses bras, comme autrefois.

« Sa façon de me caresser le dos tout en me serrant contre lui, ma tête sur son épaule, ces moments de tendresse, je ne pourrais en aucun cas les oublier. »

J'espère qu'il m'excusera pour tous ces men-
songes, je me sens fatiguée, néanmoins débarras-
sée de cette obsession qui souvent me rongeait.

Lentement, le sommeil eut raison de moi et
je plongeai dans un sommeil profond avec le sentiment de commencer une nouvelle page de ma
vie.

ALEXANDRE

Le lendemain matin, je fus réveillé par Olaf
qui aboyait et la voiture de Bruno qui se rendait à
son travail. Par la fenêtre ouverte, assis au bord
du lit, je contemplai la campagne qui s'éveillait
doucement. Une légère brume qui flottait sur le
plan d'eau augmentait sa beauté.

Posé sur un meuble, le miroir me renvoyait
l'image d'un homme en tenue débraillée avec un
visage exténué. Pourtant, je n'avais pas fait la
fête, à part les deux cognacs, me dis-je. Cela me
fit sourire.

Je passai dans la salle de bain et me changeai pour descendre déjeuner.

Le soleil brillait déjà, de nombreux nuages
traversaient le ciel à grande vitesse, le vent
s'étant levé. En buvant mon café, je ressassai les
événements de la journée précédente. Il fallait
que je rencontre ma fille.

Dans mon esprit, de nombreuses pensées s'entrechoquaient sans que je puisse y répondre.

Ma vie paisible au Canada pendant toutes ces années était subitement transformée. Ma séparation avec Tess, retrouver Lucie, savoir ce qui s'était passé avec sa sœur Léa, et enfin apprendre que j'avais une fille de vingt-deux ans : toutes ces informations m'avaient abattu.

Je ne savais pas par où commencer, quoi faire, mon cerveau était pour l'instant incapable d'analyser.

Je restai un moment à marmonner tout seul, enfin non, avec Olaf qui m'avait rejoint. Assis près de moi, son museau sur mon pantalon, il me suppliait de le caresser.

Tenait-il à me changer les idées, avait-il senti en moi cette angoisse que je ne parvenais pas à évacuer ? Son regard compatissant me dérida. Il en fut satisfait et moi, je sortis brusquement de mon désarroi.

Mon téléphone sonna, c'était Lucie.

« Bonjour Alexandre, je ne te réveille pas ?

– Non, je suis levé depuis peu.

– Comment vas-tu ?

– Bah, difficile à dire après la journée d'hier. Mais ça va aller... Il faut que j'encaisse.

– J'ai eu une discussion avec Léna quand je suis rentrée hier. Je suppose qu'elle a dû te joindre, elle était attristée et regrettait tout ce qu'elle t'avait dit.

– Oui, je sais, elle m'a envoyé un message dans la nuit. Comment s'est passée ton entrevue avec elle ?

– Difficile, après mes explications, elle a fondu en larmes et s'est jetée dans mes bras. J'espère qu'elle me pardonnera de lui avoir caché la vérité pendant toutes ces années.

– Certainement, il lui faudra un peu de temps, comme pour moi.

– Bon, je te laisse, j'ai des clients, passe une bonne journée.

– Toi aussi. »

Elle raccrocha. Je songeai à cette femme et à notre séjour.

« Je nous revois sur la place Saint-Marc marchant la main dans la main. Elle s'échappe subitement pour courir après les pigeons qui s'envolent. Réjouie, elle me fait face, je me précipite pour la prendre dans mes bras, je la soulève du sol et la fais tournoyer plusieurs fois.

Quand je la pose, son regard pétillant me fait chavirer, je l'embrasse pendant de longues minutes. Puis, on continue notre chemin, sur le pont des amoureux. On admire les gondoles qui passent sur le canal. On se dirige vers l'embarcadère pour faire une promenade. Elle me tient par le bras, elle ne me quitte pas des yeux.

Dans l'embarcation, elle vient se blottir contre moi, je suis sur un nuage, jamais je n'ai ressenti une telle exaltation ! Le gondolier se met à chantonner "O sole y Mio", on est seul au monde. »

Je quittai Venise instantanément, j'avais un appel. C'était un artisan que j'avais contacté pour réaliser des travaux dans ma maison.

Quand je raccrochai, je replongeai dans les souvenirs de ce week-end avec Lucie... Car c'était elle, et non Léa qui l'avait partagé avec moi. Sa venue hier soir pour confesser ce qui s'était passé il y a plus de vingt ans m'avait perturbé et ébranlé à l'extrême et j'avais le plus grand mal depuis à réagir. Néanmoins, Lucie avait été courageuse.

Était-elle encore amoureuse ? Visiblement, c'est ce que j'avais cru comprendre. À quarante-trois ans, elle était toujours ravissante et fort séduisante.

En dégustant une seconde tasse de café, je réfléchissais à la lettre de Léa, ce qui me permit de mieux saisir son contenu.

« Pardonne-moi pour le week-end à Venise. »

L'autre phrase parlant de ma fille.

« C'est avec toi que j'aurais dû avoir un enfant. »

En définitive, Léa regrettait tout ce qu'elle m'avait fait. Toutefois, elle était épanouie avec Marc, du moins c'est ce que Lucie m'avait relaté.

Dans la matinée, je pris des rendez-vous avec d'autres artisans. Je devais m'occuper de rénover la maison afin d'y habiter rapidement, ce qui m'aida à mettre de côté mes soucis.

Je passai toute l'après-midi avec des ouvriers sur le futur chantier. En fin de journée, je repartais chez Bruno quand je reçus un appel. C'était Léna, surpris, je décrochai immédiatement.

« Oui, allô.

– Bonjour papa. »

Ce mot me fit tressaillir et mon cœur se mit à battre plus rapidement.

« Désolée de te déranger, demain, je n'ai pas cours... » Elle hésita un court instant.

« On pourrait se voir, j'ai très envie de te connaître.

– Bien sûr, je suis libre après 11 h, je passe te chercher, et on mange ensemble.

– Ah super, c'est formidable, je ne t'importune pas plus longtemps, à demain, papa. »

Léna me déstabilisait, je devais me faire à l'idée qu'une jeune femme m'appelle « papa ».

Au dîner ce soir-là, j'eus une discussion avec Bruno, qui était vraiment content que tout se passe bien avec ma fille. Néanmoins, j'ai compris qu'il avait envie de satisfaire sa curiosité.

« Alexandre, qu'envisages-tu avec Lucie ? »

Je ne pus lui répondre. Tous ces événements étaient trop récents et j'avais beaucoup de mal à les digérer.

Malgré tout, si j'avais su que Lucie était enceinte, j'aurais quitté immédiatement le Canada, je n'aurais jamais connu Tess, et Nathan ne serait pas né. Je ne devais pas faire de reproches à Lucie et il m'était impossible de donner une information cohérente à Bruno.

« Je ne sais pas, seul l'avenir nous le dira. Pour le moment, je vais m'occuper de Léna, c'est ma priorité. »

Il acquiesça. On changea de sujet, discutant des travaux que je projetais de réaliser et de ma recherche d'emploi.

Fatigué par tous ces bouleversements, je pris congé de bonne heure et laissai mon ami sur la terrasse.

Le lendemain, en fin de matinée, je filai au domicile de Lucie. Je vis ma fille sortir de la maison, j'étais fébrile, elle était anxieuse. Elle m'embrassa sur la joue timidement.

« Bonjour papa.

– Bonjour. »

Je ne prononçais pas « ma fille » et pourtant, j'en avais une envie folle. Elle me sourit comme si elle avait deviné mon émotion. On partit vers le seul restaurant que je connaissais et dans lequel j'avais dîné deux fois avec sa mère.

On passa devant la pharmacie, Lucie nous vit. Peu de temps après, j'avais un message.

« Bon déjeuner avec ta fille, je suis heureuse que tout se passe bien, je viendrai cinq minutes pour le café. »

Léna me regarda :

« Je suppose que ma mère nous a vus, elle était au courant que tu m'invitais !

– Effectivement, elle nous rejoindra à la fin du repas. »

Pendant tout le déjeuner, elle me questionna sur ma vie au Canada et quand je lui annonçai que j'avais un fils, elle fut enthousiaste.

« Papa... J'ai un frère ? Maman ne m'a rien dit !

– Elle n'a pas eu le temps, tout est allé très vite... Tu ne crois pas.

– Oui, c'est exact... Je veux le connaître.

– Il arrivera très bientôt, il faut que je le prévienne qu'il a une sœur. »

Je constatai qu'elle était enchantée de le rencontrer prochainement. Je lui montrai des photos, elle ne se lassait pas de les visionner et de m'interroger. Euphorique, elle ne vit pas sa mère qui approchait.

« Bonjour tous les deux. » Dit-elle et prit place à côté de Léna.

« Ah, maman, papa vient de m'informer que j'avais un frère... C'est formidable. »

Émue de voir sa fille joyeuse, elle esquissa un sourire et resta silencieuse.

On prit le café, Lucie était pressée, elle nous observait et je vis dans ses yeux une petite larme qu'elle dissimula d'un revers de la main. Elle était incapable de prononcer le moindre mot, alors que notre fille exprimait sa joie à travers une curiosité manifeste, j'avais du mal à lui répondre.

Je passais un moment très agréable, j'avais l'impression d'être en famille et je me remémorais nos repas avec Tess et Nathan. On raccompagna sa mère à l'officine, elle m'embrassa sur la joue.

« Alexandre, merci pour ce moment magique. »

Surpris, je n'eus aucune objection, je remarquai le ravissement de notre fille. Pendant notre retour, préoccupé depuis que nous avions quitter sa mère devant la pharmacie, je questionnai Léna :

« Pourquoi ce sourire tout à l'heure ? »

Elle tourna la tête.

« Papa, c'est la première fois que je vois maman heureuse. Tu ne l'as pas vue, elle te dévorait du regard et était émue aux larmes. »

Je ne répliquai pas et la déposai devant chez elle.

« Merci beaucoup Papa, à une prochaine fois, je t'aime. »

On s'embrassa et elle descendit, je patientai jusqu'à ce qu'elle pénètre dans la maison pour démarrer. Un immense plaisir m'envahit, Léna était une fille merveilleuse et j'étais fier qu'elle entre dans ma vie. Elle me fit un dernier signe avant de refermer la porte.

Je passai le restant de l'après-midi à jouer avec Olaf, je ne voulais pas me torturer l'esprit avec tous ces changements qui me troublaient. Bruno gara sa voiture et en descendant, apprécia le spectacle.

Olaf courait dans tous les sens, il était enchanté d'avoir trouvé un compagnon de jeu. Il caracolait comme un fou autour de moi, partant au tout dernier moment.

« Mon ami, si tu n'arrêtes pas, il va t'exténué. » Dit Bruno amusé.

À bout de souffle à force de courir et de me battre avec Olaf, je stoppai net. Il se coucha sur la pelouse, me nargua à bonne distance et, me voyant m'échapper, lâcha sa balle pour me rattraper.

« Il est épuisant ton chien.

– Je t'avais prévenu, ta journée s'est bien passée ?

– Oui, j'ai déjeuné avec Léna et sa mère nous a rejoint pour le café. »

Il se retourna étonné par mes propos.

« Bah, ça s'arrange entre vous deux.

– Actuellement, je ne prévois absolument rien avec Lucie, je dois informer Tess que j'ai une fille, j'espère que tout se passera bien, car je souhaite que l'on reste en bons termes.

– Oui, ça ne va pas être facile. Et ton fils, il vient quand ?

– Dans un mois, il est essentiel que mes travaux soient terminés, et je dois l'avertir qu'il a une sœur de vingt-deux ans.

– Eh bien, tu ne vas pas chômer. Bon on va dîner et on continuera notre discussion. »

J'approuvai d'un signe de tête.

Chapitre IX

J'étais d'humeur vagabonde en ouvrant les volets. Bruno sur la terrasse, une tasse de café à la main, me fit signe.

« Tu as bien dormi, Alexandre ?

– Oui, comme un bébé. »

Il éclata de rire tout en buvant.

« Hier soir, quand je t'ai quitté, j'ai reçu un message de Tess : elle vient à Paris pour négocier un contrat.

– Bah, tu pourras la mettre au courant pour ta fille.

– Exactement, ça ne va pas être facile, je redoute sa réaction.

– Pourquoi, vous êtes séparés et c'était ta vie d'avant ! Je ne pense pas qu'elle réagisse mal.

– Je ne veux pas la froisser, je tiens à elle.

– Comme tu me l'as décrite, je suis certain qu'elle comprendra.

– J'espère, Bruno. Elle peut loger ici ?

– Bien sûr, mon ami, surtout que je pars demain pour deux semaines, donc vous serez en tête-à-tête. »

Je le remerciai, je confirmai l'adresse à Tess. Elle ne répondit pas, c'était tout à fait normal, il était deux heures du matin à Montréal. Je reçus un message dans la journée m'informant de son arrivée le jour suivant.

Elle était contente de passer ces deux jours avec moi. Elle refusait que je vienne la chercher à l'aéroport préférant prendre un taxi.

Il était 16 h quand un véhicule s'arrêta devant le portail : Tess en descendit. Je me précipitai et saisis son bagage, elle déposa un baiser sur mes lèvres. Je fus surpris par son geste.

Elle éprouvait un sentiment de satisfaction. Je lui avais préparé la chambre contiguë à la mienne. En voyant son attitude intriguée, et peut-être un brin déçue, j'étais gêné.

Pourquoi avais-je proposé à ma femme de faire chambre à part ?

Notre séparation était proche et mes sentiments envers elle étaient encore présents.

Je lui laissai le temps de s'installer, ensuite elle vint sur la terrasse.

« Tu es bien ici, la maison de ton ami est magnifique et vraiment calme.

– Oui, c'est un havre de paix. »

Je lui offris une boisson rafraîchissante, elle me parla de son voyage et de son rendez-vous du lendemain. Elle devait signer un contrat de partenariat avec une grande société de fret, sa firme grandissait et se tournait vers l'international. Elle était radieuse, l'expansion de son entreprise l'excitait, moi je considérais qu'elle aurait encore moins de temps libre, seulement voilà, elle était devenue une businesswoman et j'étais fier de sa réussite.

Quand elle eut terminé, elle m'observa :

« Toi, comment vas-tu ?

– Bien, seulement depuis que je suis ici, des événements se sont produits. »

Interloquée, son expression changea et elle parut troublée de me voir en grande difficulté.

« Que t'arrive-t-il, mon chéri ? »

Déconcerté par ce *"mon chéri"*, j'eus beaucoup de mal à me ressaisir pour l'informer de ce que j'avais découvert pendant les dernières semaines.

Dans un premier temps, elle n'eut aucune riposte, puis elle confirma après un moment de silence entre nous.

« Toi qui avais toujours rêvé d'avoir une fille comme deuxième enfant, tu dois être comblé ! »

Ses propos m'étonnèrent, elle prit ma main, la serra très fort.

« Ça ne change absolument rien entre nous, mon amour. »

Je fus à nouveau décontenancé par sa réponse, Tess avait toujours des sentiments pour moi et, si je n'en étais pas conscient, elle me le rappelait.

Pendant le dîner, elle engagea la conversation sur Léna et sa mère, mais j'ai choisi de rester vague concernant Lucie. Seulement, Tess était très intelligente et avait dû remarquer mon embarras. On termina la soirée en discutant de notre fils.

« Tu as mis Nathan au courant qu'il avait une sœur ?

– Non pas encore, je voulais te le dire avant. Il vient le mois prochain, je l'informerai à ce moment-là.

– Tu as raison, je te laisse faire. »

Elle était fatiguée, sûrement le décalage horaire et ce que je venais de lui apprendre l'avait assurément perturbée.

« Bon, Alexandre, je vais me coucher, je suis fourbue. »

Elle m'embrassa à nouveau sur la bouche, un dernier signe, elle disparut. Je restai un moment à réfléchir, j'étais préoccupé par son comportement, c'est Olaf qui me fit sortir de mes pensées. Il réclamait sa nourriture, je l'avais complètement oublié. Ensuite, je montai dans ma chambre.

En m'allongeant, je songeai à cette charmante Canadienne qui dormait dans la chambre à côté, et j'espérais qu'elle ne me le reprochait pas.

J'étais pratiquement endormi quand je sentis une présence dans la pièce. Les draps furent repoussés, Tess se glissa lentement dans le lit et tira la couette pour me border. Faute de protestation, elle se blottit contre moi, me déposa un baiser dans le cou.

« Je sais que tu es réveillé, tu l'étais habituellement quand je rentrais tard, ne fais pas semblant de somnoler. »

Elle me serra plus fortement contre elle, je me retournai, ses yeux pétillaient.

« Désolée, il m'était impossible de dormir, en te sachant dans la pièce à côté. »

Dépassé, je caressai son visage et l'embrassai tendrement.

« Si tu préfères être seul... Je repars dans ma chambre... Dis le moi. »

Tess, me fixait, je mis mon index sur ses lèvres, elle sourit, je retrouvai la femme que j'avais tant appréciée et qui m'avait manqué ces dernières années. Dans la nuit, je me réveillai brusquement, je tâtai l'emplacement où elle était censée être. Personne... Elle était devant la fenêtre et regardait vers l'extérieur. La lune éclairait le jardin, aucun nuage ne la contrariait.

Tess était pratiquement nue, juste ma veste de pyjama. Je restai un moment devant ce sublime spectacle qui me remémorait le début de notre idylle. Puis, j'écartai la couette pour venir discrètement vers elle. J'entourai son ventre de mes mains et la serrai contre moi. Mon baiser dans le cou la fit frissonner, elle pencha sa tête en arrière sur mon épaule, subitement elle sanglota.

« Ça ne va pas ?

– Si, justement, je suis trop bien, malheureusement, il faudra que je continue mon chemin sans toi. »

Je pris sa main pour l'entraîner vers le lit où lovée, elle s'endormit.

TESS

Quand je me réveillai, Alexandre n'était plus à côté de moi. Je caressai l'endroit où il avait dormi, sa place était encore chaude, je m'y glissai pour profiter de sa chaleur et sentir son parfum.

La porte de la chambre s'entrouvrit, je fermai les paupières, une odeur de café réveilla mes sens. Puis, j'entendis le bruit d'une tasse et un juron à voix basse. Mon mari était toujours aussi maladroit, ça faisait partie de son charme. Je souris, il dut s'en apercevoir et vint s'asseoir sur le bord du lit. Il caressa ma chevelure, et mon dos, puis il remonta la couette. Il déposa un baiser sur mes lèvres.

« Tu as bien dormi ?

– Avec toi, je suis toujours bien, tu le sais. »

J'insistais lourdement, je savais pertinemment que cet intermède amoureux allait se terminer par mon départ, je regrettais les dernières années passées ensemble.

Malheureusement, je devais continuer d'avancer, Alexandre, lui, devait vivre sa vie. Il m'avait tellement soutenue quand j'avais repris la direction de l'entreprise. Il n'était plus heureux au Canada et moi, je n'étais plus présente pour lui apporter le bonheur qu'il méritait.

« Tu veux un café, ma Tess ? »

Ses paroles me firent plaisir, oui, je serais continuellement ta Tess, c'est incontestable.

« Oui, si tu le prends avec moi !

– Bien sûr... Tu as ton rendez-vous à quelle heure ?

– À midi, on déjeune ensemble, ensuite on travaille toute la journée, j'espère être de retour vers 18 h.

– C'est entendu, ce soir, on dînera à l'extérieur. »

Je lui fis fit un signe d'acceptation en prenant ma tasse.

Je bus précipitamment mon café, je devais me préparer, je me levai d'un bond pour me diriger vers la salle de bain. Il admirait ma silhouette, il était sous le charme et moi, je jubilais. Je refermai la porte en lui faisant un signe de la main.

ALEXANDRE

Elle n'avait rien perdu de sa séduction. Dans ma veste de pyjama, elle était absolument désirable.

Quelques minutes après, en tailleur, maquillée, elle apparut transformée en dirigeante d'entreprise, prête à présenter son dossier et à en débattre. Tess devenait une lionne quand elle avait un réunion d'affaire, je l'avais observée maintes fois lorsqu'elle intervenait.

Personnellement, je connaissais son autre facette, pleine de douceur et de tendresse.

Elle partit en m'adressant un baiser et me dit :

« À ce soir, Alexandre. »

Elle était déjà concentrée pour sa négociation. J'entendis le taxi démarrer. Je descendis sur la terrasse me promener sur la pelouse en direction du plan d'eau, toujours accompagné par mon fidèle Olaf qui avait bien sûr sa balle dans la gueule et qui comptait jouer avec moi.

Assis sur le banc où j'avais coutume de me réfugier, je repensai à cette nuit avec Tess. Elle avait été divine, j'avais aimé cette femme et vivre avec elle. Seulement, à Montréal, ses responsabilités l'accaparaient et moi, dans cette superbe ville, je vivais comme une âme en peine dans ce spacieux appartement depuis que Nathan était à Londres. Tout m'attristait et notre complicité avait disparu.

La journée passa sans que je ne m'en rende compte et je fus étonné de voir un taxi devant le portail.

Il était 17 h 30, Tess en descendit, radieuse. Elle fit signe au chauffeur tandis que je me précipitais vers elle.

« Tout s'est bien passé, Tess ?

– Admirablement, tu me connais, je ne lâche rien. » Dit-elle en avançant d'un pas agile.

Elle m'embrassa sur les lèvres et prit la direction de la maison pour se rafraîchir. Je patientais sur un fauteuil quand je la vis. Elle avait troqué sa tenue de femme d'affaires pour une élégante robe turquoise. J'étais en admiration, on prit la petite Fiat de Bruno, direction le centre-ville.

Au Canada, elle avait une limousine Mercedes spacieuse, elle plaisantait sur le véhicule infiniment petit à côté des camions que l'on croisait. On stationna sur le parking face à la pharmacie. Comme nous passions devant, Lucie en sortit et m'interpella.

« Bonsoir Alexandre, je peux te parler ? »

Elle fit un sourire à Tess qui me tenait par le bras et s'adressant à elle :

« Bonsoir, excusez-moi, je peux vous l'emprunter cinq minutes ? »

Je m'avançai, laissant Tess qui l'examinait.

« Bonsoir Lucie, tu as un souci ?

– Oui, demain, je n'ai pas la possibilité de me libérer, pourrais-tu emmener Léna en début d'après-midi, elle a un examen.

– Oui, naturellement, je passerai la prendre.

– Merci beaucoup, bonne soirée. »

Lucie remercia Tess et, faisant demi-tour, se dirigea vers sa voiture. Tess me reprit le bras, elle était songeuse, je me retournai en même temps que Lucie qui, avant de rentrer, nous scrutait, se posant forcément de nombreuses questions.

Mon épouse ne me demanda pas tout de suite qui était cette ravissante femme blonde, mais pendant que l'on buvait un verre en attendant de dîner, elle osa.

« Elle est très belle... Elle te dévorait des yeux... Tu la connais ?

– Je l'ai très bien connue, il y a plus de vingt ans à Venise, c'est la mère de ma fille.

– Oh pardon, je suis trop curieuse... Elle est charmante, et je peux te confirmer qu'elle a encore des sentiments pour toi et ça me rend un peu jalouse. » Lança-t-elle réjouie.

J'étais mal à l'aise, Tess au contraire était euphorique, elle pouvait mettre un visage sur la mère de Léna. Elle changea de sujet très rapidement, elle m'informa sur la finalité de sa prochaine négociation en Allemagne, si elle trouvait un accord, sa société aurait des débouchés en Europe de l'Est et pourrait envisager de s'agrandir.

Moi par contre, j'estimais qu'elle allait encore être débordée de travail, et je me plaisais à considérer que j'avais bien fait de quitter cet environnement et cette fuite en avant qui ne me convenait plus. À la fin du repas, on repartit vers le parking, bras dessus, bras dessous, elle tournait la tête dans ma direction très souvent sans dire un mot. Que pensait-elle, après ce repas et la rencontre avec Lucie ? Impénétrable, elle exprimait une certaine plénitude et était satisfaite de cette soirée. On gara la voiture, puis on s'achemina vers la terrasse :

« Tu m'offres un dernier verre ?

– Tu désires quoi, Bruno a un vieux cognac, seulement, il va être trop fort pour toi. »

Elle décocha un coup-de-poing dans mon bras, je fus ébahi par son geste, elle le faisait quelquefois quand je la charriais, il y avait bien longtemps.

« Tu me prends pour qui, mon chéri ? » Dit-elle éclatant de rire, en me voyant frotter mon épaule.

Je partis chercher la bouteille et deux verres, quand je revins, elle admirait le jardin et caressait Olaf qui cherchait quelqu'un pour jouer, la balle dans sa gueule.

Je déposai le tout sur la table, elle se retourna.

« C'est sympa ici, tu vas y rester tout le temps ?

– Non, je fais des travaux dans la maison de mes parents et j'attends le retour de Bruno, je dois m'occuper d'Olaf pendant son absence. »

Le chien en entendant prononcer son nom leva la tête puis la reposa. Tess but une gorgée et toussa ; je pouffai de rire.

« Effectivement, c'est très fort. » Lança-t-elle, grimaçant, son verre à la main.

« Et oui...C'est plutôt une boisson d'homme. »
Dis-je en m'esclaffant.

Elle prit ma main alors que je saisissais mon
verre.

« Tu vas me manquer, Alexandre.

– Ton avion est à quelle heure demain ?

– À treize heures, direction Düsseldorf.

– Je peux t'accompagner à l'aéroport.

– Non, je commanderai un taxi, les adieux
dans une aérogare, ce n'est pas pour moi. »

Envahit par la tristesse, elle termina son
verre. Elle devait à coup sûr imaginer que c'était
la dernière fois que l'on passait un moment ensemble. Subitement, son sourire réapparut, curieuse, elle dit :

« Tu as une photo de ta fille ? »

Je lui montrai la seule que je possédais.

« Elle est adorable... Je regrette que nous
n'ayons pas eu une fille en deuxième enfant.
Maintenant, il est beaucoup trop tard. »

Subitement, elle se leva, déposa un baiser
sur ma bouche et s'en alla en direction de sa
chambre. Je la suivis quelques minutes après.
Elle sortait de la salle de bain en pyjama au moment où je passais et vint dans ma direction.

« Je peux dormir avec toi ? C'est notre dernière nuit de couple. »

Elle fit la moue pour me convaincre, elle rajouta :

« Je ne vais pas salir des draps pour une nuit. »

J'éclatai de rire et la pris dans mes bras, son regard m'implorait.

« Entendu, Tess, je prends une douche et je te rejoins. »

Quand j'entrai dans la chambre, elle était sous la couette, elle écarta le drap pour me laisser m'allonger et vint se blottir sans prononcer un mot. Les yeux dans les yeux, je revis en accéléré des moments de notre vie, nos soirées l'un contre l'autre, notre complicité, notre plaisir d'être ensemble.

Subitement, elle mit sa main derrière ma tête pour m'attirer et m'embrasser. Cette nuit fut de nouveau magique, un retour dans le passé.

Chapitre X

TESS

J'étais dans ses bras, j'appréciais de passer ma dernière nuit avec mon mari. J'admirais cet homme que j'aimais depuis plus de vingt ans. J'ai éprouvé des difficultés à m'endormir, cette soirée ressemblait à un adieu.

Vers trois heures du matin, je me réveillai, Alexandre dormait. Je restai contre lui à sentir son parfum, puis, je retirai doucement son bras qui m'enlaçait et me mis sur le dos.

Après quelques minutes ne retrouvant pas le sommeil, je me levai. Par la fenêtre dont les volets n'étaient pas fermés, la lune haute dans le ciel éclairait le jardin, dans le bois tout proche, j'entendis le hululement d'une chouette, tout ceci m'apaisait et mon esprit errait dans le passé :

« Notre première rencontre, mon anniversaire quand je me rebellai contre mon père et, pour

le contrarier, je sortais avec ce jeune Français qui me plaisait. Mon combat pour que mes parents l'acceptent, mon paternel désirant me jeter dans les bras du fils de son meilleur ami, qui d'ailleurs ne savait que faire de ma personne, il m'avait confié qu'il préférait les hommes. Nos premières années ensemble, enfin mariés, la naissance de notre petit Nathan. Toutes ces années défilaient dans ma tête.

Des regrets m'envahirent, j'avais eu tort d'accepter la proposition de mon père de reprendre la direction de la société. Dès le début, Alexandre, particulièrement fier de moi, m'aida et me soutint. Je pouvais compter sur lui à chaque moment délicat. Seulement, finis les week-ends dans le chalet familial au bord du lac ! Finies nos balades dans la forêt et nos promenades en canoë où nous avions l'habitude de nous chamailler et de tourner en rond en ne ramant pas ensemble ! Tout cela me manquait.

Nos soirées au coin du feu, les hivers glacials en pique-niquant devant l'âtre dont les flammes dévoraient les grosses bûches que mon amour avait rentrées dans la journée, tout cela avait disparu. Les dernières années furent laborieuses pour l'homme que j'ado-

rais. On s'était éloigné à cause de mon travail et maintenant, avec les développements européens que j'envisageais, il n'avait plus sa place.

Il avait raison de revenir dans son pays ; au Canada, il n'avait pas d'amis et mes absences continuelles avaient contribué à notre éloignement. Toutefois, pour son bien être, je dois lui redonner sa liberté. Je projette de divorcer afin qu'il puisse vivre comme bon lui semble. Il a le bonheur d'avoir une fille. Lucie, que j'ai entrevue, est une très belle femme. Avant notre notre mariage, il m'avait raconté son escapade avec elle.

Dans sa voix, j'ai pris conscience qu'il l'avait aimé comme un fou pendant ce week-end à Venise et j'ai pu déceler sur le visage de cette femme les sentiments qu'elle a encore pour lui. Je veux que cet homme, qui m'a toujours choyée, soit heureux et profite de la vie. »

Plongée dans mes pensées, je sentis subitement deux mains autour de ma taille qui glissèrent sur mon ventre, tout mon être tressaillit. Je ne l'avais pas entendu se lever, il m'entoura de ses bras et me serra, son souffle dans mon cou, suivi d'un baiser, me firent défaillir.

« Tu ne parviens pas à dormir ma chérie ? »

Ce mot me remplit de joie, il ne le prononce que rarement depuis quatre ans. On ne fait que se croiser. C'est de ma faute, je travaille trop et je reviens toujours tard. Il s'occupe de tout dans l'appartement, il me prépare mon dîner et gère tous les soucis de notre fils, il est merveilleux.

Je ne bouge pas, ce moment de douceur m'enchante, il m'embrasse à nouveau, je me retourne pour saisir sa tête et déposer un baiser sur ses lèvres, je suis heureuse. Je lui réponds en le caressant du regard.

« Non, Alexandre, j'ai beaucoup de mal, c'est peut-être à cause de la pleine lune. »

Il prend ma main et m'entraîne vers le lit.

« Viens te coucher près de moi, après ça ira beaucoup mieux. »

Je hoche la tête en signe d'acceptation. Il écarte la couette, je me couche contre lui et m'abandonne complètement.

Le lendemain matin, je me réveillai brutalement, le soleil déjà haut dans le ciel chauffait la pièce et je sentis sa chaleur sur ma peau. Je me dégageai des bras qui m'enlaçaient, et me levai en enfilant ma veste de pyjama. Je regardai un instant mon mari qui continuait à sommeiller et remontai la couette. Par la fenêtre, je vis Olaf sur la terrasse, il se leva, souffla et se recoucha.

Le réveil affichait 9 h 15, je devais me dépêcher, je partais aujourd'hui et j'avais envie de préparer ce dernier petit-déjeuner avec mon mari. Discrètement, je descendis à la cuisine. C'était bien la première fois depuis cinq ans et la dernière que nous allions le prendre en tête-à-tête.

Cette pensée m'attrista, je souhaitais tant un retour en arrière et dire non à mon père. Troublée, je manquai de renverser le café et rattrapai une des deux tasses avant qu'elle ne chute sur le carrelage. Je pouffai de rire, je suis maladroite comme lui, dans ma tête, je revécus nos moqueries lorsqu'il nous arrivait ce genre de chose à tour de rôle.

Je n'étais pas dans un état normal après cette nuit dans les bras d'Alexandre, mon départ m'angoissait parce que notre histoire serait terminée. Je pris des tranches de brioche, déposai le tout sur un plateau que je montai.

Quand je pousse la porte, il dort encore, je pose le plateau et viens à côté de lui pour admirer cet homme qui m'a en tout instant aimée, vénérée, toujours prévenant à mon égard et qui a été un père formidable. Je devais lui parler franchement de mes inquiétudes, seulement, je n'en avais pas le courage, je n'avais pas le cœur à gâcher ces deux jours extraordinaires avec lui. Je trouverais bien un moment pour l'informer. Je caressai son dos, surpris, il pivota et m'enlaça pour m'embrasser.

« Excuse-moi, je t'ai réveillé ?

– Non, j'ai senti l'odeur du café, tu es splendide, Tess.

– Tu as passé une bonne nuit ? » Dis-je.

«Oui, je me sens toujours bien en ta présence. »

J'appréciai beaucoup sa remarque, il est vraiment adorable.

« On va déjeuner, je suis obligée de partir. »

Les mots que je viens de prononcer me chagrinent, néanmoins, je n'ai plus le choix. Je suis tenue de poursuivre ma route. Ce sera sans mon mari.

Mes états d'âme me perturbent, seulement Alexandre, n'a plus l'intention de vivre à Montréal. Depuis la mort de son père et son retour dans son pays, il avait profondément changé. Pendant les dernières années, il avait réussi tant bien que mal à admettre toutes les contraintes que je lui imposais.

Réaliste, j'avais observé son attitude ; il ne supportait plus cette existence.

Je finis de m'habiller, il vint derrière moi et contempla mon image dans le miroir. Il mit ses

mains sur mes hanches, je frissonnai. Ma trans-
formation en businesswoman s'effectuait doucement. Une fois terminée, j'étais complètement
métamorphosée.

« Tu es sublime en chef d'entreprise. »

Je lui souris et je réservai un taxi. On descendit l'attendre sur la terrasse, il ne tarda pas.

Je l'embrassai tendrement. Tendue, j'essuyai
le rouge sur ses lèvres avec mon pouce.

« Au revoir Alexandre, je t'appelle ce soir. »

Dans ma tête, ces derniers mots résonnaient
d'une autre façon, comme « Adieu mon amour ».

Il n'a pas répliqué, je le vis mélancolique,
mon cœur battait plus fort, la fin de notre histoire
approchait, j'aurais tant voulu la continuer. Ces
deux nuits avec lui avaient été magiques.

Seulement, j'étais contrariée et regrettais
mon impuissance à l'informer sur la réalité de ma
santé... Peut-être avais-je raison !

Ma valise dans le coffre, je montai précipitamment, ravalant mes larmes pour éviter qu'il
me voit ainsi. Pour lui, j'étais une femme forte,
une dirigeante qui avait su s'imposer dans un
monde de brutes, c'est ce qu'il disait à chaque
fois, il était toujours fier de moi.

Je ne devais jamais montrer la moindre faiblesse. Toutefois, je n'avais qu'une envie : être dans ses bras.

Le taxi démarra, je me tournai pour lui faire un dernier signe par la lunette arrière. Il ne distinguait pas à cette distance les larmes qui glissaient lentement sur mes pommettes.

Il me fit de grands gestes, un virage et sa silhouette s'effaça. J'épongeai mes yeux, le chauffeur m'examinait dans le rétroviseur. J'arrivai à l'aéroport dans les temps. Je me ressaisis, car je devais me replonger dans le dossier pour ma réunion et réussir ma négociation.

L'avion décolla à l'heure. Par le hublot, je vis une dernière fois ce coin de France où vivait mon charmant mari. Je m'évertuais à relire mes documents, mais des flashs de notre vie me perturbaient :

« *Alexandre me tenant par la main, notre restaurant où il fit sa demande en mariage et où il m'annonça son départ. Son bien-être lorsque l'on était ensemble, sa peine quand il m'informa de sa volonté de me quitter.* »

Dans un sens pour lui, c'était mieux ainsi, surtout depuis quelque temps.

L'hôtesse nous informa sur notre vol et précisa notre heure d'arrivée.

Je revins très rapidement à la réalité et me plongeai soudainement dans mon dossier pour en reprendre la lecture afin de redevenir une redoutable négociatrice, comme disait mon père.

Chapitre XI

ALEXANDRE

Ces deux jours avec Tess me laissaient un goût amère, mes sentiments pour elle s'étaient réveillés, et je déplorai la fin de notre couple.

« *Malheureusement, mes envies n'étaient plus compatibles avec la vie que je menais avec elle au Canada. Je comblai ses absences continuelles par la lecture et le sport, mais rien ne pouvait remplacer Tess. J'aurais pris tant de plaisir à poursuivre notre vie d'avant.*

Elle avait soigné ma blessure, grâce à son affection, Après quelques mois, j'avais définitivement oublié la rupture avec Léa. On formait un couple fusionnel, d'un simple regard, on devinait la pensée de l'autre, nos clins d'œil, notre complicité de tous les instants faisaient l'admiration de sa famille. »

Sortant de ma réflexion, je ne quittais pas le taxi qui s'éloignait. Lorsqu'elle était montée, j'avais décelé du chagrin dans ses yeux. Seulement, je savais qu'elle était très forte et qu'elle allait réagir. Je comprenais que ces deux jours passés ensemble étaient un adieu pour nous deux et la mélancolie me submergea.

Je me dirigeai vers le banc, Olaf m'accompagna. Avait-il perçu ma tristesse ? C'est fort possible, les animaux ont une sensibilité que nous, humains ne discernons pas.

Assis, Olaf vint mettre son museau sur mes cuisses afin d'attirer mon attention. Je le caressai un instant, puis il me faussa compagnie pour attraper sa balle, ensuite, il me provoquait, ce qui me permit de chasser mes idées noires.

Mon téléphone sonna, c'était ma fille.

« Bonjour papa, tu vas bien ?

– Oui, Léna.

– Oh... À entendre ta voix, ça n'a pas l'air.

Cet après-midi, tu viens me chercher ?

– Oui, ne t'inquiète pas, je passerai.

– Maman m'a dit qu'elle t'avait rencontré avec une jolie femme ! » Dit-elle ironiquement.

« C'est exact, c'était Tess, mon épouse. »

Elle ne fit aucun commentaire, elle regrettait tout simplement de ne pas avoir fait sa connaissance. Je fus médusé par sa réaction.

Je passai la prendre avec vingt minutes d'avance, elle sortit en courant et ouvrit la portière. Elle m'embrassa sur la joue, elle n'avait pas l'air stressé. Quand j'étais étudiant la veille d'une épreuve, je paniquais complètement et ensuite, quand j'étais dans la salle, tout se passait très bien.

Je stoppai devant le bâtiment où se déroulait son examen, elle resta un instant avec moi.

« Tu es préoccupé, papa ! Ne te fais pas de soucis, j'assure, j'ai bien révisé. »

Je souris à ses dernières paroles, Léna était dynamique et sûre d'elle, je n'avais aucun doute concernant sa réussite. Mon esprit était avec une Canadienne qui me manquait déjà.

Léna vit sur le trottoir un étudiant qui surveillait les alentours.

« Ah papa, je te laisse, mon ami est là. Rentre prudemment, je t'appellerai pour te tenir au courant. » Lança-t-elle en sortant de la voiture.

« Bonne chance, ma fille. »

Elle m'adressa un dernier signe et rattrapa le jeune homme qui patientait. Je les regardais tous les deux, Léna s'en aperçut, un signe discret de la main et ensuite, ils partirent vers le bâtiment.

Je démarrai. Ma fille avait deviné mon état, effectivement, j'étais préoccupé, par tout ce qui m'arrivait depuis plusieurs semaines, ces deux jours avec Tess qui me remémoraient nos années de bonheur et Lucie qui m'attirait.

Tout s'entremêlait dans ma tête, il me fallait du calme pour classer chaque élément à sa juste place dans ce maudit cerveau, car tout se confondait et j'étais dans l'impossibilité de réagir.

De retour chez Bruno, je passai l'après-midi sur le banc, ce qui me permit de mettre un peu d'ordre dans mon esprit torturé. Plusieurs fois Olaf vint me provoquer avec sa balle pour m'inciter à jouer. Il n'eut pas le succès qu'il escomptait, j'étais complètement assommé par mes soucis.

Avais-je eu raison de quitter Tess ? En définitive, ce n'était pas elle que je fuyais, mais ma vie monotone sans but précis. Tess, je l'adorais, toutefois, je ne supportais plus notre façon de vivre.

Pourquoi ma vie était-elle subitement bouleversée de la sorte ?

Toutes ces questions me donnaient le tournis. Mes sentiments étaient partagés entre Nathan, ma fille, Tess qui m'aimaient toujours et Lucie qui m'évoquait ce week-end à Venise.

J'étais nostalgique, seulement, aucun retour en arrière n'était possible. J'avais reproché à Lucie de m'avoir caché l'existence de Léna. À l'époque : si j'avais vécu en France et élevé ma fille, je n'aurais en aucun cas eu le bonheur de vivre avec Tess et Nathan n'existerait pas. Je n'en pouvais plus de réfléchir. Les idées se bousculaient dans ma tête à m'en rendre fou. Je ne savais pas comment en sortir. Il était nécessaire que je me ressaisisse au plus vite.

Un coup de fil me fit revenir à la réalité, c'était Tess.

« Bonsoir toi, comment vas-tu ? » Me dit-elle.

« Bien, tu as un souci ? »

Elle s'esclaffa :

« Non, j'avais juste l'intention te tenir au courant de ma journée... Toi, tu es perturbé.

– Ah... Tout s'est bien passé ?

– Exactement, j'ai mon contrat en poche.

– Je suis content pour toi, tu repars quand au Canada ?

– Pas tout de suite, demain, je m'envole pour Londres passer deux jours avec Nathan, puis je regagne Montréal.

– C'est génial, il va être ravi de te voir.

– Alexandre... Je voudrais te parler de nous. »

Il y eut un silence. Je devinai que Tess avait beaucoup de mal à poursuivre.

« Oui, Tess, je t'écoute.

– Alexandre... Je souhaiterais te redonner ta liberté. »

Elle ne dit rien de plus, mais je savais qu'un jour, elle aborderait le sujet du divorce. Néanmoins, je n'en avais pas envie dans l'immédiat, je ne comptais pas changer notre relation, du moins aussi rapidement.

« Tu es toujours là, Alexandre ?

– Oui, pour moi, c'est trop brusque, j'aurais préféré attendre.

– Il n'y a rien d'urgent, j'ai perçu dans le regard de Lucie tout ce qu'elle éprouve pour toi. Une femme qui garde cet amour pendant aussi longtemps ne peut pas te laisser indifférent et tu as ta fille maintenant.

– Mais j'ai encore des sentiments pour toi, Tess.

– Je sais, moi aussi, je suis consciente que ta vie ces dernières années n'a pas été des plus faciles. Je suis toujours submergée par le travail et maintenant, avec l'expansion de la société en Europe, cela va être pire encore. Si tu revenais avec moi à Montréal, tu ne tiendrais pas six mois et notre couple éclaterait. Je ne veux surtout pas de cela. »

Je ne rétorquai pas, elle avait raison. Je m'ennuyais terriblement depuis qu'elle était devenue chef d'entreprise.

« Qu'en penses-tu, Alexandre ?

– Bah, je ne sais plus, je suis perdu, trop de choses se bousculent en ce moment.

– Bon, ce n'est pas pressant, on pourra en discuter d'ici quelques semaines.

– Oui, je vais y réfléchir.

– Ah, j'oubliais, j'ai eu le responsable de la société que j'ai rencontré hier à Paris. Il m'a appelée pour avoir tes coordonnées, il est intéressé par ta candidature. Si tu travailles dans cette société, on sera amené à collaborer. » Dit-elle avec une pointe d'humour.

« Merci Tess, pour tout ce que tu fais pour moi.

– Tu vas me manquer ce soir et tous les autres également. » Lança-t-elle en soupirant.

Puis, elle m'embrassa et raccrocha. J'étais bouleversé par cette femme qui me proposait de divorcer et prenait soin de me trouver un job pour que l'on reste en contact.

Mes neurones saturaient, trop de soucis que j'avais beaucoup de mal à traiter. Je m'affalai sur un fauteuil. Comme à chaque fois, Olaf vint près de moi avec ses yeux langoureux pour me consoler.

Ce berger était réellement efficace, peut-être pas comme gardien, mais comme confident et ami, c'était incontestable. Mon esprit cogitait : pourquoi Tess insistait-elle pour me rendre ma liberté. il n'y avait aucune urgence, il me semblait.

TESS

Je viens de raccrocher et je m'en veux. Je n'ai pas eu le courage de lui annoncer la sombre vérité concernant ma santé. Il est nécessaire que je l'informe, il faut à tout prix que l'on divorce pour qu'il refasse sa vie avec Lucie. Je souhaite avant que la maladie ne m'emporte, avoir la certi-

tude qu'il soit heureux. Des larmes glissent lentement sur mes joues, je m'assois sur le bord du lit
et je fond en larmes. Après quelques minutes, je
prends sur moi et je sèche mes yeux.

Dans la chambre d'hôtel, je me sens seule et
en pleine détresse. Pourquoi, après autant d'années de vie commune, il m'est difficile ces derniers temps de me confier à mon mari et l'avertir
que ma vie va probablement s'arrêter dans
quelques mois. J'ai proposé à Alexandre de divorcer, seulement, il veut réfléchir et je me reproche de ne pas avoir insisté.

Je pose mon portable sur la table de chevet
et je contemple par la fenêtre les lumières de
Düsseldorf.

La circulation sur le boulevard au pied de
l'hôtel est dense, j'entends les bruits de la rue, les
klaxons des impatients, les gens vont rejoindre
leur domicile pour revoir leur famille.

Je suis là avec ma déprime, il est impératif
que je réagisse, demain, je pars à Londres voir
notre fils. Il ne faut pas que je craque devant lui.

Devant le miroir, j'efface ma désespérance.
Puis, je descends pour dîner au restaurant de l'hôtel. Le personnel me place à une table proche de
la baie vitrée, les gens passent à la hâte sur le

trottoir et parfois se bousculent. Le boulevard est complètement saturé.

Je me sens abandonnée, je ne vois pas le serveur qui attend ma commande.

« Vous avez choisi madame ? »

Je lui souris.

« Oh, désolée, j'étais ailleurs. »

Je n'ai pas d'appétit, je ne commande qu'un plat que je ne finis pas. Je n'ai pas le moral, me retrouver seule ce soir après ces deux jours avec mon mari, me rend nostalgique.

Après le repas, je monte me reposer, je pense à Alexandre, à Nathan, à ma vie. Recroquevillée dans le lit, je suis submergée par la solitude et j'ai envie de pleurer. Je prends le deuxième oreiller dans mes bras et le serre très fort. La fatigue et mes soucis ont raison de moi, j'éteins la lampe et je m'endors.

Chapitre XII

ALEXANDRE

J'avais très mal dormi, je m'étais réveillé plusieurs fois, les propos de Tess concernant notre séparation me troublaient. Pourquoi désirait-elle me redonner brusquement ma liberté ?

Allongé sur le lit, les mains derrière la tête, je ne trouvai pas de réponse. Pour me changer les idées, le lendemain, je passai toute la journée dans ma maison. Les entreprises avançaient et la rénovation serait terminée d'ici deux à trois semaines. La nouvelle cuisine ouvrant directement dans la pièce à vivre donnait de l'espace et j'étais satisfait du résultat.

Il restait la salle de bain du rez-de-chaussée et du premier étage. Les chambres étaient en chantier, les peintres s'activaient. Mes parents auraient été étonnés des changements que j'effectuais. Je sortis me promener dans le jardin. Mon père consacrait son temps à l'entretenir, mais de-

puis son décès, la nature reprenait certaines liber-
tés.

Les herbes poussaient n'importe comment
dans les allées et les massifs de fleurs, la pelouse
derrière la maison était devenue une savane. En
avançant vers le fond du jardin, je découvris la
cabane en bois que mon père avait construite
quand j'avais dix ans. Elle était en mauvais état,
elle avait également besoin d'un rafraîchisse-
ment. Assis sur une souche, je revivais cette
époque.

« *Ma joie et ma surprise lorsqu'il termina
cette masure pour mon anniversaire. On en
avait passé des journées à jouer avec les copains. C'était un point de ralliement des cow-
boys et des pirates du quartier et on passait
de fameux moments ensemble.* »

En inspectant ma demeure qui se transfor-
mait tout doucement, je me souvins d'une discussion avec mon père lors de son dernier voyage à
Montréal.

« *Mon fils, je ne sais pas si tu garderas notre
demeure après ma disparition, toutefois, si
c'est le cas, mets là à ton goût. Moi, depuis la
mort de ta mère, je n'avais plus aucune envie*

de l'entretenir et de changer quoi que ce soit.
Je ne m'occupais que du jardin. »

Je n'avais pas riposté, parce que je ne savais pas ce que je ferais et je voyais mon père vieillir tout doucement. Je ne soupçonnais pas qu'il disparaîtrait aussi brutalement et que ce serait la dernière fois que l'on se voyait.

Je reçus un appel, c'était Léna.

« Bonjour papa, tu vas bien ?

– Oui, et toi, ça me fait plaisir de t'entendre, alors, ton examen ?

– Bah, je suppose que ça va, mes réponses sont identiques à celles de Kevin.

– Ah... Je ne le connais pas. » Lançai-je en plaisantant.

« Bah si, papa, c'est le garçon qui m'attendait quand tu m'as déposée.

– Ah bon, il se nomme Kevin, c'est bien ma fille, il faudra que je fasse sa connaissance un jour. » Dis-je en la charriant un peu.

« Papa... Tu es comme maman, le jour où ce sera sérieux, je te le présenterai. » Dit-elle en éclatant de rire.

« Bon, papa, mon frère arrive quand ? Je suis impatiente.

– Normalement, dans quelques semaines, néanmoins, j'ai l'impression qu'il retarde sa venue, il doit avoir du mal à quitter Londres.

– Il a peut-être une copine là-bas. » Rétorqua Léna.

« C'est possible, je te tiens au courant. Il faut que je le prévienne qu'il a une grande sœur.

– Ah, tu ne lui as pas encore dit !

– Non, j'ai l'intention de lui annoncer quand il sera devant moi, ce n'est pas le genre d'information que l'on donne par téléphone. »

On continua à bavarder un moment, puis, elle raccrocha. Quittant le chantier en saluant les ouvriers, je réintégrai la maison de Bruno.

À peine étais-je assis que j'eus de nouveau un appel. C'était le DRH de la société dans laquelle Tess avait signé un contrat. La communication fut brève, j'avais rendez-vous le lendemain matin. J'informai Tess en la remerciant, et elle me répondit instantanément, ce qui m'étonna.

« Je n'ai aucun doute que tu auras le poste, je t'embrasse. »

Serein, je jouai avec Olaf qui fut grandement surpris et qui courut autour des arbres tandis que je tentais de l'attraper. Je passai la soirée à flâner dans le jardin. Une brise légère soufflait et les branches des arbres bougeaient dans tous les sens. J'étais détendu et apaisé.

Je songeais à Lucie : j'adorais son sourire et sa façon de me dévisager. C'était une belle femme, et notre fille lui ressemblait énormément. J'étais subitement gai et après une bonne heure assis sur le banc avec Olaf à mes pieds, je regagnais ma chambre.

Le lendemain, habillé comme un milord pour faire bonne impression, j'arrivai au siège de la société avec trente minutes d'avance. Je fus reçu par un homme courtois et sa secrétaire. On prit le café et après une heure de discussion, il me proposa de commencer la semaine suivante. J'ai bien sûr accepté et suis reparti ravi par ce début de journée.

J'avais un job, mon environnement était modifié et c'était grâce à Tess. Il était 11 h 30 quand je quittai mon futur lieu de travail. Je lui adressai un message, Tess devait être encore à Londres avec Nathan ou sur le retour à Montréal.

Les jours suivants, mon activité m'accapara et mon esprit était libéré de tous mes soucis, je revivais. Mes collègues se moquaient gentiment quand je parlais, j'avais d'après eux, un mélange d'accent canadien et parisien. Ils en profitaient pour me taquiner, j'étais réjoui par cet accueil et cette ambiance.

Après deux semaines, j'étais intégralement dans mon élément. Bruno fut content en revenant de son déplacement de me voir plus détendu, moins tracassé. Aucune nouvelle de Tess, pas plus que de Lucie, je ne pensais plus à Léa et à Marc de la même façon. La seule personne que je vis toutes les semaines était ma fille, qui m'adressait des messages le soir pour savoir si son papa se portait bien.

Nathan avait de nouveau différé sa venue et c'était aussi bien, car les travaux dans la maison avaient pris du retard.

En rentrant du bureau, Bruno m'informa qu'il organisait un petit week-end entre amis, comme la dernière fois. Seuls Élodie et François seraient présents, j'étais satisfait de les revoir, Franck et Annie eux partaient en voyage.

De retour de mon travail vers 18 h ce vendredi, je trouvai Bruno qui s'affairait pour préparer notre soirée.

« Tu arrives à temps, Alexandre, ils ne vont pas tarder. »

J'acquiesçai et je montai dans la chambre pour me changer. En descendant, je remarquai qu'il y avait cinq couverts sur la table.

« On est quatre, tu as mis une assiette en trop !

– Non, j'ai une petite surprise pour toi, tu verras. »

Il n'en dit pas plus, et je n'eus pas le temps de le questionner avant que la voiture de François s'immobilise près du garage.

Élodie vint m'embrasser, François me donna l'accolade et on prit possession de la terrasse.

« Alors Alexandre, quoi de neuf depuis notre petite fête ? » Lança Élodie.

Bruno qui apportait l'apéritif, s'exclama :

« Monsieur Alexandre va vous raconter ses aventures. »

Il était particulièrement gai et servit tout le monde. Pendant ce temps, je les mis au courant dans les grandes lignes, du week-end à Venise, que j'avais une fille de vingt-deux ans ainsi que tout ce qui s'était passé depuis mon retour définitif en France.

« Bah, mon gaillard, tu ne t'es pas ennuyé, c'est génial d'avoir une fille. » Lança François.

Élodie ne disait rien, me connaissant parfaitement, elle avait deviné que toutes ces péripéties m'ébranlaient. Elle me décocha un clin d'œil complice et bienveillant.

« Comment vas-tu, Alexandre ?

– Bien, juste préoccupé... »

Je n'eus pas la possibilité de terminer ma phrase ; une voiture pénétrait dans la propriété et s'arrêtait. De loin dans la pénombre, je vis une jeune femme en sortir. Je crus un instant deviner la silhouette de ma fille, c'était donc elle l'invité surprise. Quand elle se retourna, je découvris la cinquième personne ; Lucie.

Je fus contrarié et Bruno s'en aperçut :

« Au vu de ta réaction, j'aurais peut-être dû te prévenir !

– Oui, effectivement. » Dis-je sèchement.

« Navré, mon intention était de te faire plaisir et j'ai l'impression de mettre trompé.

– Ce n'est pas grave. »

Élodie m'observait, François avait les yeux rivés sur Lucie qui avançait paisiblement vers nous.

Elle faisait sensation, sa robe légèrement au-dessus des genoux laissait apparaître des jambes galbées. Sa silhouette fine avec sur ses épaules un blouson en jean brodé, ses cheveux relevés en chignon ; elle était superbe. Tout le monde était en admiration devant cette femme de quarante-trois ans qui ne les faisait absolument pas. Bruno fit les présentations et ajouta avec un peu d'humour pour me détendre :

« Lucie, je ne te présenterai pas Alexandre.

– Non. » Dit-elle avec un sourire discret.

Elle vint dans ma direction, me regarda et déposa un baiser sur ma joue sans prononcer un mot. Elle s'installa à côté de moi. J'étais captivé et aucun son ne put sortir de ma bouche. Elle avait fait son effet et était particulièrement heureuse d'être là.

Pour ma part, je ne regrettais plus l'initiative de Bruno, mon cœur battait plus vite, j'étais entièrement subjugué par la mère de ma fille. Élodie s'amusait de me voir en difficulté.

Le repas se déroula dans une bonne atmosphère, Lucie s'intégra au groupe immédiatement, elle répondit à toutes les questions de mes amis avec enthousiasme et tournait la tête dans ma direction afin d'étudier mon comportement. De mon côté, j'étais plutôt éteint, Lucie était la vedette de la soirée et moi, je l'écoutais avec beaucoup de fascination.

À 23 h, elle remercia Bruno de l'avoir invitée, salua tout le monde et se leva.

« Alexandre, on peut se parler avant que je ne parte ?

– Oui, bien sûr. »

Devant le plan d'eau, assis côte à côte sur le banc, je restai muet, alors elle commença :

« J'ai senti, quand je suis arrivée que tu étais contrarié de me voir, tu es toujours fâché contre moi ?

– Non, Lucie, je ne te reproche rien.

– Léna m'a dit que tu étais soucieux en ce moment. Tu restes définitivement ?

– Oui, avec Tess, on se sépare et on va probablement divorcer, si tu tiens à tout savoir. »

Elle tourna la tête brièvement et resta silencieuse. Son regard fixait l'horizon et elle eut du mal à poursuivre.

« C'est une femme très élégante !

– Pardon.

– Tess est une femme ravissante. Léna avait raison : tu n'es pas bien en ce moment.

– Oui, tous les événements qui se sont produits depuis mon retour m'ont perturbé et toi, tu en fais partie.

– Je dois le prendre comment ? »

Sans réponse, elle se leva, je l'attrapai par la main.

« Excuse-moi Lucie, je ne sais plus où j'en suis, reste encore un peu... S'il te plaît.

– Si ma présence te dérange, je préfère me retirer et te laisser avec tes amis. Je n'aurais jamais dû accepter l'invitation de Bruno... »

Elle stoppa, je tirai son bras afin qu'elle revienne sur le banc. Je serrai sa main pour qu'elle ne s'échappe pas.

« Désolé, je ne parviens pas à tourner la page, tu n'es aucunement responsable de mes préoccupations. »

Je ne savais plus quoi ajouter, cette femme, avec qui j'avais eu un immense bonheur il y a vingt-trois ans, m'aimait et j'étais désarmé devant cet état de fait. Ma rupture avec Tess, sa rencontre tout était récent et j'avais beaucoup de mal à me situer entre l'amour de ces deux femmes. Constatant ma détresse, elle s'assit près de moi, je laissai ma main sur la sienne, je ne souhaitais pas la voir s'en aller.

« Alexandre, appelle-moi si ça ne va pas, je n'ai eu de tes nouvelles que par notre fille... Si je peux t'aider. » Dit-elle anxieuse.

« Lucie, je ne veux surtout pas t'embêter avec mes états d'âme ; j'ai beaucoup de mal à assimiler tous ces changements.

– C'est vrai que tu as eu ta dose. » S'esclaf-fa-t-elle. Son rire me fit du bien.

« Tu restes dormir ce soir ?

– Non, Alexandre !

– Oh, excuse-moi, je suis maladroit, il y a une chambre pour toi si tu veux.

– Non, je travaille demain. » Dit-elle hilare.

Elle se leva et je l'accompagnai jusqu'à sa voiture. Avant d'ouvrir la portière, j'attrapai sa main pour la retenir.

« Demain soir, on refait une soirée tous ensemble, tu peux revenir ? »

Angoissé, j'espérais son consentement.

« Tu y tiens réellement ?

– Oui, cela me ferait plaisir que tu sois des nôtres.

– Alors, c'est d'accord. »

J'étais ravi, son expression m'enchantait.

« Si tu désires que l'on se voit demain soir, il est nécessaire que je parte... Alors, si tu peux lâcher ma main. »

Troublé... J'observai Lucie monter dans sa voiture, un dernier signe, elle démarra.

Je retrouvai mes amis. Il ne restait qu'Élodie qui buvait un café.

« Où sont les autres ?

– Ils sont dans les bras de Morphée.

– Et toi ?

– Je t'attendais... Je te connais trop bien Alexandre. Pendant la soirée, j'ai constaté qu'en ce moment, tu étais à la dérive.

– Effectivement, tu as tout compris.

– Si je peux t'aider. »

Je me servis un café et m'assis en face.

Les deux mains autour de ma tasse, je lui narrai dans le détail tout ce qui s'était passé depuis mon retour. Au fur et à mesure de mon récit, son visage changeait. Quand j'eus terminé, elle me sourit.

« Eh bien, Alexandre, là, tu as fait fort. »

Elle resta silencieuse et termina son café.

« Tu as des sentiments pour Lucie ? Parce qu'elle te dévore des yeux.

– Actuellement, je suis tellement déboussolé et perdu que je ne parviens pas à exprimer la moindre affection. Je suis maladroit et j'ai beaucoup de mal à admettre qu'elle ait des sentiments pour moi et me supporte. »

Je lui rapportai notre conversation sur le banc, elle éclata de rire.

« C'est étonnant de ta part, je ne t'ai jamais vu ainsi. Tout ce que je te conseille, c'est d'éviter de perdre le contact avec elle, je n'ai nullement connu cela auparavant. Tu te rends compte... Elle t'aime depuis vingt-trois ans, elle a élevé ta fille sans refaire sa vie.

– Tu as raison... Comme d'habitude.

– Ce soir, tu n'as pas été à la hauteur, je l'ai vu attristée quand tu l'as raccompagnée à sa voiture. Si tu ne ressens rien pour elle, reste au moins son ami, c'est quand même la mère de ta fille. »

Je ne protestai pas, Élodie avait cette faculté de raisonnement que je n'avais pas actuellement. Elle était une sœur pour moi, elle me connaissait par cœur.

« Bon, je vais te laisser et rejoindre mon homme, il doit dormir à poings fermés.

– Merci de m'avoir bousculé, bonne nuit, à demain. »

Elle mit sa main sur mon épaule et prit la direction de sa chambre. Je restai un moment seul à regarder dans le vague. Mon portable vibra, c'était un message de Lucie.

« *Alexandre, j'ai passé une excellente soirée, tes amis sont plaisants, j'espère qu'un jour, tu oublieras et que tu ne garderas que les bons souvenirs vécus ensemble. Bonne nuit, je viendrai ce soir.* »

Étonné par ces derniers mots, je consultai ma montre... Fichtre, elle indiquait 1 h 25 du matin.

Je m'empressai de lui répondre.

« *Lucie, la soirée a été très agréable, mille excuses pour mon attitude. Je suis déplaisant avec toi, alors que tu n'y es pour rien, excuse-moi. Je suis heureux que tu reviennes. Bonne nuit à toi aussi.* »

Je montai dans ma chambre. Sur le lit, je revécus l'arrivée de Lucie, elle me faisait penser à notre départ en Italie, quand intimidée, elle poussait sa valise devant elle.

Peu de temps après, elle m'adressa :

« *Tu sais pertinemment que je te pardonnerai tes écarts de langage, néanmoins évite-les, ils me font mal, fais de beaux rêves. Je t'embrasse très fort.* »

Je posai mon téléphone sur la table de nuit en songeant à cette adorable pharmacienne que j'avais blessée et qui m'aimait.

J'eus du mal à m'endormir, dorénavant, j'avais l'obligation de faire attention à ne plus lui faire de la peine, ni de reproches.

Chapitre XIII

Des voix venant de l'extérieur me réveillèrent. Quand j'ouvris les volets, le soleil brillait déjà, je me penchai pour saluer mes amis qui prenaient le petit-déjeuner.

C'est Élodie qui m'interpella :

« Salut Alexandre, tu as bien dormi ? »

Je lui fis un signe, le pouce levé, pour confirmer.

« Je descends tout de suite. »

À peine étais-je sur la terrasse, que François me charriait.

« Tu as une drôle de tête, tu as fait la fête toute la nuit ? »

Je haussai les épaules tout en souriant. Élodie intervint pour me défendre.

« Le pauvre, il était seul, sans Lucie, son amoureuse. »

Je la scrutai, elle me fit un clin d'œil, je lui répondis de la même manière.

François remarqua nos mimiques.

« Ils sont toujours complices ces deux-là !

– Lucie revient aujourd'hui ? » Interrogea Bruno.

« Oui, elle me l'a confirmé hier soir. Ce matin, elle travaille. »

On passa le restant de la matinée à échanger des nouvelles de tous nos amis. À midi, Bruno alluma le barbecue, François et moi préparâmes la table et l'apéritif, Élodie concoctait une entrée. On commençait à trinquer quand un véhicule s'arrêta près du garage. Je reconnus immédiatement la voiture de Lucie. J'hésitai à aller au-devant, Élodie me fit un signe.

« Va l'accueillir... Qu'attends-tu ?

Je les quittai précipitamment sous les quolibets de Bruno et François qui en profitèrent pour me taquiner.

Quand j'arrivai, Lucie descendait à peine et surprise de me voir si gai :

« Alexandre, j'ai pu me libérer, ça ne va pas gêner tes amis que je vienne plus tôt ?

– Non, tu les entends, c'est ta venue qui les rend turbulents comme des adolescents. »

En jean avec des baskets, un haut rouge faisant ressortir sa chevelure blonde qui reposait sur sa veste en jean brodée, Lucie était resplendissante. Derrière nous, les deux lascars continuaient à me railler, Élodie tentait de les calmer. Lucie ravie me prit par le bras.

« Bonjour tout le monde, je suis désolée, je ne devais revenir que ce soir. » Affirma-t-elle en voyant la table qui ne comptait que quatre couverts.

« Aucun problème, on va te faire une petite place, tu es la bienvenue. Tu préfères te mettre entre François et moi ? » Dit Bruno.

Lucie se tourna dans vers moi et lui répondit :

« Non, vous êtes tous les deux charmants, néanmoins, je préfère manger entre Élodie et Alexandre. »

Bruno éclata de rire.

« Je m'en doutais, je blaguais Lucie. »

Bruno était particulièrement satisfait. Le repas se déroula dans l'allégresse, Lucie n'était pas la dernière à plaisanter. Je restai silencieux, en admiration devant la mère de ma fille. Elle eut un appel, elle s'absenta un instant à l'intérieur pour ne pas nous déranger.

Quand elle revint, elle s'approcha et me murmura à l'oreille.

« Léna s'inquiétait ; j'ai omis de la prévenir que je ne venais pas déjeuner. Elle m'a demandé où j'étais, je lui ai dit que je passais l'après-midi avec son père. »

Elle n'en dit pas plus. J'étais curieux de connaître l'avis de ma fille.

« Et elle t'a répondu quoi ?

– Elle a hurlé de joie, en me souhaitant une bonne journée. »

Lucie attendait ma réaction, elle ne tarda pas. Je pris sa main et la serrai très fortement, nos regards ne se quittèrent pas.

Ce que l'on n'avait pas repéré, c'était nos amis qui avaient arrêté leur délire et nous dévisageaient. Nous éclatâmes de rire devant leur mine réjouie et interrogatrice. Le repas se termina après un bon café, Bruno sortit son vieux Cognac. Lucie et moi, nous nous éclipsâmes discrètement, enfin presque, sous les persiflages de François et Bruno.

Nous nous dirigeâmes vers le bois, sans un mot. Nous avancions lentement sur le chemin. En passant près des sapins et de plusieurs eucalyptus, un mélange de senteurs réveilla notre odorat. Nous stoppâmes un instant. Au loin, près du plan d'eau, nous vîmes un jeune chevreuil qui se désaltérait.

Il tourna la tête vers nous, puis détala à tout allure vers le cœur de la forêt. En marchant, ma main effleura celle de Lucie, je la saisis, elle n'eut comme riposte qu'un bref sourire. Nous nous arrêtâmes pour nous asseoir près de la berge, sur un banc confectionné avec un demi-tronc d'arbre.

Lucie n'engagea pas la discussion tout de suite, nous admirions la nature. Des canards nous apercevant vinrent vers nous pour quêter de la nourriture, des habitués devaient quelquefois leur en apporter. Faute de succès, ils longèrent la rive.

« On est bien ici, c'est apaisant.

– Oui, tu passes une bonne journée Lucie ? »

Elle acquiesça d'un signe de tête.

Rasséréné, je jouissais de ce moment privilégié avec cette ravissante femme.

À quoi devait-elle penser ?

Je m'aventurai à lui demander.

« Qu'attends-tu de moi, Lucie ? »

Son expression changea brutalement. Interloquée par cette question brutale qu'elle n'avait pas du tout anticipée.

« Je ne sais pas Alexandre... Ton retour définitif en France que je n'avais plus escompté m'a
déconcertée, des souvenirs de Venise sont remontés à la surface et mes sentiments ont réappa-
ru. De nouveau mon cœur s'est remis à battre
plus rapidement... »

Elle stoppa et dit d'une voix chevrotante.

« Seulement, j'ai peur.

– Tu as peur de moi ?

– Non... On ne se connaît pas, je redoute de
te perdre si mon amour est trop envahissant...
J'appréhende notre relation parce que nous
n'avons plus le même âge et que les temps ont
changé et nous avec... »

Elle s'arrêta de nouveau. Lucie avait entièrement raison, nous avions certes passé un week-
end extraordinaire à Venise, mais ne nous
connaissions pas auparavant. À cette époque, je
savais qui était sa jumelle, mais pas elle !

Ensuite, chacun avait vécu de son côté.

« Je partage ton avis, et nous allons apprendre à nous découvrir tout en continuant notre
chemin. »

Elle tourna la tête tranquillisée par mes paroles, et fut ébahie par mon geste quand je dépo-

sai un baiser sur ses lèvres. Elle fut prise d'un fou rire.

« C'est comme ça que tu laisses du temps au temps ? » Lança-t-elle.

« Désolé Lucie, je n'aurais pas dû ! »

Je l'embrassai de nouveau, elle éclata de rire, elle était radieuse et moi décomplexé. Je me levai, l'entraînant par la main.

« On rejoint les amis ? »

Elle se leva et on avança sur le chemin. Elle ne disait rien, elle savourait ce moment, je sentis des pressions sur ma main, elle la lâcha, s'éloignant d'un pas rapide.

Subitement, une image traversait mon esprit, on se retrouvait sur la place Saint-Marc :

« Lucie courant en direction des pigeons pour les forcer à s'envoler. »

Cette scène m'avait fasciné. Elle s'arrêta brusquement, se retourna, exactement comme ce jour-là.

Je la rattrapai, l'enlaçai plusieurs minutes. Puis, nous continuâmes d'avancer, bras dessus bras dessous, silencieux.

Quand nous approchâmes de la terrasse, nos amis cessèrent de bavarder et nous observèrent. Élodie arbora un large sourire.

« Bah, vous avez été loin ! Vous en avez mis du temps ! » Lança Bruno.

« Oui, on a découvert la nature, c'est paradisiaque comme coin. » Dit Lucie.

« Un peu plus, vous loupiez l'apéro. » S'exclama François en me faisant un clin d'œil.

La soirée se déroula comme la précédente. Je passais du temps avec François et Bruno, content de me voir en pleine forme.

Lucie échangea un long moment avec Élodie, qui de temps en temps me regardait. Les deux femmes évoquaient certainement notre échange de l'après-midi dans la forêt et des choses plus personnelles me concernant.

Vers 23 h, Lucie se leva et salua tout le monde, elle stoppa devant moi, je lui pris la main.

« Tu pars déjà, tu ne veux pas rester encore un peu ? »

Son hochement de la tête accompagné d'un sourire voulait dire non. Je l'escortai jusqu'à sa voiture. Elle me prit par le bras, regardant devant elle, son comportement m'interpella.

Je n'aurais peut-être pas dû précipiter les choses quand elle me réclamait du temps. Avant de pénétrer dans son véhicule, elle déposa un baiser sur mes lèvres, ce qui ne me rassura qu'à moitié.

« Dors bien, Alexandre, on s'appelle. »

Elle démarra promptement, au premier virage elle tourna, puis plus rien. Je restai là, pensif, avant de rallier mes amis qui poursuivaient la soirée. Peu de temps après, Bruno et François nous lâchèrent, me laissant seul avec Élodie qui brûlait d'envie de me révéler sa discussion avec Lucie.

« Alexandre, Lucie est une femme merveilleuse !

– Oui, je sais, seulement pour le moment, je ne sais pas comment je vis, ma rupture avec Tess est récente. Lucie en est consciente, nous en avons discuté, elle m'a déclaré qu'elle était inquiète concernant l'évolution de notre liaison.

– Je peux te dire qu'elle t'aime. Après plusieurs années, elle avait fait une croix sur ton probable retour ainsi que l'espoir de vivre avec toi. Tu es revenu alors qu'elle ne s'y attendait plus et elle avait ce secret, cette enfant que vous aviez conçu.

Laisse-lui du temps, ne la brusque pas si tu tiens à elle. Elle est forte, elle l'a prouvé ; tout ceci est brutal pour elle, comme pour toi. Elle a des doutes te concernant, elle ne veut pas que vos retrouvailles ne soit qu'un feu de paille... Tu saisis ?

– J'ai bien compris, tu me connais, je suis maladroit. »

Elle pouffa de rire, ajoutant :

« Pour te connaître parfaitement, je confirme. Fais attention à elle, sois patient, elle a vécu les premières années de votre séparation comme une plaie ouverte, elle a souffert, il ne faudrait pas rouvrir cette blessure qui était refermée.

Tu comprends ce que je veux te faire entendre ? »

J'approuvai, Élodie était une véritable amie, ses conseils toujours précieux. Elle se leva, me fit un signe avant de se retirer.

Je restais là, à réfléchir. Mon téléphone vibra, je lus le message.

« Alexandre, j'ai passé deux jours délicieux en ta compagnie. Seulement, j'appréhende le lendemain, je suis bien quand je suis avec toi. Néanmoins, je redoute de réveiller tous mes

sentiments et que notre amour ne soit pas à la hauteur de ce que j'avais espéré durant toutes ces années. Peut-être l'inquiétude de te perdre à nouveau ou de ce bonheur que je n'attendais plus. Je ne sais pas, passe une excellente nuit. »

Ma réponse fut immédiate.

« Lucie, moi aussi j'ai passé d'excellents moments pendant ces deux jours. Je n'aurai pas dû t'embrasser comme je l'ai fait, je devais, comme tu me l'avais précisé, te laisser du temps. Excuse-moi, je suis un idiot, bonne nuit, j'espère que l'on se reverra prochainement. »

Son dernier message me ravi.

« Ne regrette surtout pas de m'avoir pris dans tes bras, tes baisers ont ravivé tellement de souvenirs que mon cœur battait la chamade. »

D'humeur joyeuse, je caressai Olaf qui fut surpris et râla parce que je le réveillai. Je montai dans ma chambre, je n'avais pas envie de dormir, néanmoins, la fatigue aidant, je sombrai après avoir rêvé à la magnifique blonde du week-end à Venise.

Le lendemain matin, j'entendis une agitation venant de la terrasse. Ils s'étaient tous levés tôt, pas comme moi qui avais à nouveau flemmardé. Avant de descendre, j'adressai un message à Lucie.

« As-tu bien dormi ? »

En attendant, je rejoignis mes amis, je fus accueilli par :

« Bonjour le Canadien, on ne te demande pas comment tu vas ? »

Mon sourire ne les calma pas, ils continuèrent leurs plaisanteries. Un bip me signala un message, c'était Lucie :

« Très bien, j'ai eu beaucoup de mal à m'endormir, mon esprit était à Venise avec un beau jeune homme. »

J'écrivis :

« Moi, j'étais avec une séduisante blonde au même endroit. Le beau jeune homme comme tu dis a bien changé. »

Elle répliqua :

« Comme moi, ne perds pas de vue que l'on a quarante-trois ans tous les deux... Un jour,

j'apprécierais de retourner à Venise avec toi. »

Je renvoyai :

« Je le souhaite également, on verra bien. Tu reviens aujourd'hui ? »

« Non, je dois déjeuner avec notre fille, elle ne m'a pas vue du week-end. »

« D'accord, je vous embrasse toutes les deux. »

La conversation se termina là, j'étais pensif, mes amis le remarquèrent.

« Des mauvaises nouvelles, Alexandre ?

– Non, c'est délicat dans le contexte actuel de renouer après tout ce temps. »

La matinée passa très vite. Après le déjeuner, François et Élodie partirent, dans l'après-midi et je restai seul avec Bruno et Olaf qui ne manquait pas de venir me réconforter.

Les jours suivants, noyé dans mon nouveau job et dans les travaux qui se terminaient, je ne vis pas le temps défiler. Nathan m'avait téléphoné pour me signifier son jour d'arrivée. Il était temps, il restait trois semaines avant le début de ses cours à l'université.

J'emménageai dans la maison rénovée. En entrant, je sentis des odeurs de neuf et de peinture fraîchement terminée. Tout était parfait pour recevoir mon fils. Je n'avais pas eu de nouvelles de Lucie et moi, je n'en avais pas donné non plus. Je désirais la laisser tranquille, pour que l'on fasse le point tous les deux.

Nathan était content de me revoir et moi également. Dans la discussion, il n'aborda pas ma séparation avec sa mère.

Après en avoir discuté avec elle lors de son passage à Londres, pour lui le principal, c'est que nous restions amis. Il emménagea dans mon ancienne chambre qui avait été repeinte et disposée différemment.

Ensuite, on déjeuna au restaurant, à notre retour, on but le café sur la terrasse face au jardin qui avait recouvré sa splendeur d'antan grâce à un artisan de la région.

Je l'informai non sans mal de l'existence de Léna, ce ne fut pas aisé. Pourtant, lorsque je m'exprimais, il n'eut aucune objection et ensuite son attitude me tranquillisa.

Enthousiaste, il voulait la rencontrer très rapidement, j'étais soulagé. Par la suite, il aborda cette situation en rapport avec sa mère.

« Maman est au courant que tu as une fille ?

– Oui, je l'ai informée quand elle est venue. Toi, qu'en penses-tu d'avoir une sœur de vingt-deux ans ?

– Je suis content, je me sentais un peu seul dans la famille. »

Le week-end suivant, j'invitai Léna qui ne se fit pas prier. Les deux jeunes gens firent connaissance. J'avais préparé un repas modeste. Assis l'un en face de l'autre, ils échangèrent avec fougue sur leur vie passée. Moi, je les écoutais avec beaucoup de satisfaction sans dire le moindre mot. Après le repas, Léna me demanda :

« Papa, on peut te laisser seul, j'aimerai faire visiter la capitale à mon frère ? »

J'acquiesçai, ému de voir mes deux enfants s'entendre comme s'ils avaient vécu ensemble depuis leur naissance.

Seul, je décidai d'adresser un mot à Lucie qui travaillait.

« Lucie, tout s'est admirablement bien passé, ils se sont absentés pour visiter Paris. »

Je n'eus une réponse qu'en fin de journée.

« C'est épatant, Alexandre. »

Le message fut bref, Lucie était certainement encore à la pharmacie. En même instant,
Léna m'informait qu'ils dînaient à l'extérieur.

J'en profitai pour demander à Lucie, si elle
était libre.

*« Oui complètement, pourquoi tu veux
que l'on se voit.*

– Exactement.

– On se rejoint chez Albert ?

– D'accord, je t'attendrai devant. »

On passa une excellente soirée à plaisanter
et à discuter de nos enfants. Lucie était radieuse,
j'avais la très nette impression qu'elle voulait parler de notre relation.

Néanmoins, elle évita et moi, j'avais beaucoup de mal à exprimer les sentiments que je ressentais. Elle m'intimidait et je n'arrêtais pas
d'évoquer des souvenirs qui la faisaient sourire et
l'empêchaient ainsi d'intervenir.

Après le repas, devant sa voiture, Je mour-
rais d'envie de l'enlacer. Alors, ne pouvant plus
me retenir, je déposai un baiser sur ses lèvres et
avant de pénétrer dans son véhicule :

« Alexandre, j'ai passé à une agréable soirée...»

Elle n'eut pas le temps de terminer sa phrase, je pris sa tête entre mes mains, et l'embrassai pendant plusieurs minutes.

« Alexandre... Je dois partir ! »

Je relâchai mon étreinte, elle monta rapidement et referma la porte. Je mis ma main sur la vitre, elle fit de même, m'adressant un baiser, puis elle s'éloigna à tout allure.

Je la suivis du regard jusqu'au moment où elle disparut dans la nuit. Réjoui, je rentrai rapidement à la maison.

Chapitre XIV

LUCIE

Je démarrai et jetai un dernier coup d'œil dans le rétroviseur, Alexandre faisait des signes avec sa main. En proie à l'agitation provoquée par ses baisers et son étreinte, mon cœur s'affolant, je fuyais. Je me surpris à conduire très vite : ce n'était pas dans mes habitudes.

Pourquoi étais-je à ce point paniquée par ses sentiments ? En me remémorant l'être que j'avais toujours aimé et que je venais de retrouver, je redoutais que ce ne soit trop beau.

Avant d'arriver à mon domicile, je parvins à me calmer et à ralentir. Je stoppai ma voiture et restai un instant à l'intérieur. Je fus étonnée de sourire en songeant à son comportement et en ressentant sa tendresse.

Puis, je quittai la voiture pour entrer, ma fille devait être encore avec son frère, j'étais seule et subitement, j'angoissai. La peur me submergea, celle d'être séparée à nouveau, ce que je ne pouvais pas envisager.

Assise sur le lit, je pris la décision de lui écrire après mon départ précipité. Ensuite, très vite je plongeai dans un sommeil profond.

ALEXANDRE

Nathan n'était pas encore rentré, il arriva trente minutes après.

« Tu n'es pas couché, papa ?

– Non, j'attendais ton retour.

– Léna, t'embrasse, elle était pressée de se reposer. On a passé une super soirée, j'ai fait la connaissance de son amie Sophie... Tu savais que ma sœur avait un copain ?

– Oui, je crois qu'il se nomme Kevin !

– Bon, bonne nuit, papa. »

Je ne tardai pas. La soirée avec Lucie et la rencontre entre mes deux enfants m'avaient enthousiasmé et harassé en même temps .

Mon portable bipa, c'était Lucie :

« Merci pour cette belle soirée. J'espère qu'il y en aura d'autres ? Passe une bonne nuit. »

J'écrivis aussitôt :

« Lucie, je suis heureux quand tu es avec moi, tu me manques déjà. Seulement, je ne désire pas brûler les étapes, j'appréhende ta réaction... Je ne tiens surtout pas à te perdre. Bonne nuit. »

Je regrettai mon euphorie qui me faisait précipiter les choses. Il me fut très compliqué de trouver le sommeil.

Les jours défilaient et Nathan sortait très fréquemment avec sa sœur. Je compris très vite pourquoi. Léna était constamment avec sa meilleure amie, Sophie. Ce n'est pas ma fille qui m'informerait de ce qui se passait entre son frère et cette jeune femme. De plus, elle aussi avait son chevalier servant : Kevin.

Je passai ainsi plus de temps avec Lucie qui était ravie. Nous sortions tous les samedis soir, nos discussions nous permettaient de mieux nous connaître, et j'étais de plus en plus attiré par cette femme séduisante.

Nous étions de plus en plus proches, seulement, Lucie ne s'extériorisait pas quand nous étions ensemble et cela m'amenait à me poser des questions. On était mi-octobre, cela faisait dix jours que je n'avais aucune nouvelle d'elle, mal-gré mes nombreux messages.

Je me rendis à l'officine, Lucie eut un grand sourire en me voyant. Elle était avec une cliente, c'est son assistante qui me servit.

« Bonjour monsieur, combien de boîte d'as-pirine aujourd'hui ? »

Je ne pus me retenir, j'éclatai de rire. Lucie fit de même.

« Désolé, aucune. »

Lucie lui fit signe qu'elle s'occuperait de moi. La dernière cliente venant de sortir, elle vint déposer un baiser sur mes lèvres.

« Tu souhaitais me voir ?

– Oui, ça fait plus de deux semaines que l'on ne s'est pas vu et tu ne me réponds pas. On peut dîner ensemble ? »

Son attitude me confirma que mes dernières paroles l'inquiétaient réellement.

« C'est d'accord, je termine à 19 h !

– Bon, je te laisse travailler, à ce soir. »

Je l'attendis devant la boutique, elle sortit, visiblement préoccupée, je l'ai prise par la main, mon geste la rassura.

Il y avait beaucoup de monde dans le restaurant d'Albert. J'insistai pour avoir une table dans un coin de la salle afin d'être tranquille. Une fois installés, j'eus le plus grand mal à entamer la conversation. Je me lançai après avoir bu une gorgée de mon apéritif.

Prenant sa main :

« Lucie... Je pense continuellement à toi... »

Je ne pus terminer ma phrase, je vis son anxiété disparaître pour faire place à de la joie, qui me laissa pantois. Elle me serra fortement la main, je poursuivis.

« Lucie, j'ai envie de partir avec toi à Venise pour reprendre notre histoire là où elle a commencé. Je ne peux plus patienter, tu me manques trop chaque jour. Je te remets ce billet d'avion, le départ est dans quinze jours. »

Lucie, attentive, silencieuse, me scrutait. Je continuai.

« Tu peux accepter de venir avec moi ou pas. Si tu refuses, je ne t'en tiendrai pas rigueur et je patienterai le temps qu'il faudra. Je serai comme la première fois à l'aéroport. »

Surprise par mes propos, elle prit la pochette qui contenait le billet et la rangea dans son sac sans faire de commentaire. Je fus subitement angoissé par sa façon d'agir. Durant la soirée, on parla des enfants. Le repas se termina sans que l'on aborde ce séjour. En sortant, elle prit mon bras sans dire un mot et avant de pénétrer dans sa voiture, elle m'embrassa sur la joue, je fus décontenancé par son geste. Elle me fit un signe et s'échappa rapidement.

Avais-je eu tort de faire pression sur elle en lui proposant ce voyage ?

De retour à la maison, je me reprochai mon empressement et lui écrivis :

« Navré d'avoir été aussi brutal, seulement je ne peux plus vivre sans toi, c'est à mon tour d'avoir peur de te perdre. »

Je ne reçu aucune réponse. Les jours s'écoulaient sans qu'elle ne prenne contact avec moi. Un soir, Nathan en revenant de ses cours me déposa une revue financière sur la table de la cuisine.

« Papa, admire la superbe photo de maman ! »

En effet, Tess était en couverture, elle était très élégante en tailleur avec un adorable sourire. Elle était élue la dirigeante de l'année, disait l'article de deux pages que je lus entièrement. J'étais enthousiasmé par sa nomination et songeai subitement à elle.

« Tess, toutes mes félicitations pour ton suc-
cès, je suis fier d'avoir été ton mari. Je t'em-
brasse très fort. Encore bravo pour ta réus-
site. »

Je déposai le magazine sur la table et remerciai Nathan de m'avoir transmis cette information. Il monta dans sa chambre pour travailler. Je
reçus un message de Tess.

« Alexandre merci, c'est un peu ta réussite, tu
m'as constamment soutenue. Comment vas-
tu ? »

« Bien Tess. »

Elle m'appela immédiatement.

« Alexandre, que se passe-t-il ? Je te sens
démoralisé.

– Tess, je suis désolé de t'avoir inquiétée,
simplement un coup de blues.

– Je te connais, rien ne va en ce moment !

– Comment tu sais cela ?

– Nathan m'a téléphoné hier, il te voit dé-
couragé et comme sa sœur le met au courant, il
sait que tu n'es pas bien.

– Il t'a appelée pour ça ?

– Non, il a l'intention de venir l'été prochain avec son amie, sa sœur et son copain à Montréal.

Quand je lui ai demandé de tes nouvelles, il m'a dit que tu étais préoccupé. C'est Lucie qui te donne du tracas ? » Dit-elle avec détachement.

« Je lui ai proposé de passer un week-end à Venise comme tu me l'avais conseillé.

– C'est bien et elle est d'accord ?

– Je ne connais pas sa décision, je lui ai donné le billet et j'attends.

– Alexandre, elle t'aime, je peux te le confirmer : lors de mon voyage, je l'ai vu dans ses yeux. Tu devrais faire le point avec elle. Bon, il faut que je te laisse, j'ai une réunion importante, écoute mon conseil, je te souhaite beaucoup de bonheur. »

Elle mit fin à la communication ; Tess semblait être sans arrêt sous pression, et ses paroles m'apportèrent un peu de réconfort.

Chapitre XV

TESS

Je n'ai pas de réunion urgente, je viens à nouveau de mentir à mon mari et cela me chagrine. J'ai préféré couper court à notre discussion, je n'ai pas encore trouvé le moyen de lui annoncer ma maladie.

Pendant son voyage en France pour le décès de son père, j'ai ressenti les premiers symptômes, j'ai choisi dans un premier temps de les cacher à toute la famille. Malheureusement, j'ai hérité cela de ma grand-mère paternelle. Je patiente dans la salle d'attente de mon médecin et après différents examens, je dois le consulter pour en connaître le résultat.

Je ne sais pas combien de temps je vais vivre. Mon père lors d'un repas de famille m'avait raconté la descente aux enfers de sa mère, cette terrible maladie qui d'après lui évolue parfois à grands pas. Il sera bien un jour indispensable que j'avertisse mon fils et son père, j'y serai contrainte.

Seulement, actuellement, je n'en ai pas le courage et je repousse l'échéance. Nathan a ses études, Alexandre a des soucis et je ne désire pas inquiéter les deux hommes que j'adore.

J'observe la secrétaire qui remplit mon dossier. La patiente précédente sort du cabinet et son visage sombre et marqué ne me tranquillise pas. Je sais très bien au fond de moi quelle sera la conclusion des analyses. Le mal me ronge et je n'ai que peu d'espoir de m'en sortir.

La porte du cabinet vient de s'ouvrir, c'est mon tour, le médecin fait grise mine. Je ne suis pas rassurée...

ALEXANDRE

Les jours passaient sans aucun contact avec Lucie. Je me présentai à l'aéroport avec beaucoup de doutes. Je ne m'étais pas risqué à la relancer, j'appréhendai sa réponse.

Assis sur un siège devant le comptoir d'embarquement, j'espérai. Les aiguilles de l'horloge tournaient inlassablement trop vite à mon goût. Le temps filait et je redoutais l'échéance : il ne restait que dix minutes avant la fin de l'enregistrement, le couperet allait irrémédiablement tomber, Lucie avait dû renoncer.

Alors que je me faisais une raison, je la vis pressant le pas. Poussant sa valise devant elle, je me levai d'un bond en bousculant malencontreusement un voyageur, je m'excusai et j'avançai d'un pas décidé pour l'étreindre. Anxieuse, elle me fixait comme la première fois.

Je la serrai contre moi.

« Tu vas m'étouffer, Alexandre !

– Excuse-moi, jusqu'au dernier moment, j'ai craint que tu ne viennes pas.

– Je n'avais pas hésité la première fois, crois-tu que j'aurais loupé notre rendez-vous ?

– Pourquoi tu ne m'as pas tenu au courant pendant ces quinze jours ?

– Parce que... »

Elle afficha un sourire en voyant mon trouble.

« Je voulais attendre davantage, pendant tout ce temps, j'imaginais ce voyage à Venise. Il me fallait ces journées de réflexion pour me rendre à l'évidence : je ne pouvais plus refuser ton amour. »

Je lâchai ses mains, nous étions les derniers à nous enregistrer. Ensuite, Lucie me tenant par le bras, sans dire le moindre mot, nous passâmes dans la salle d'embarquement. Durant le voyage, elle posa sa tête sur mon épaule. J'étais satisfait du dénouement. En nous dirigeant vers le bus qui devait nous déposer à l'hôtel, Lucie regarda le ciel : une larme glissa sur ses pommettes, qu'elle chassa très rapidement de la main.

Je crus entendre le mot *"Merci"*.

S'adressait-elle à sa sœur pour la remercier ?

Je lâchai ma valise pour la réconforter et la pris par la taille.

« Je t'aime, Alexandre. »

Ses mots me firent fondre. Je repoussai ses cheveux, saisis sa tête et l'embrassai, conscient que nous prenions un nouveau départ.

Notre première nuit dans le même hôtel qu'il y a vingt-trois ans fut magique. Quand elle sortit de la salle de bain en pyjama de soie verte, j'étais admiratif.

Elle vint s'asseoir sur le bord du lit et me caressa la joue.

« Alexandre, j'ai l'impression de vivre un rêve, j'appréhende de me réveiller... Confirme-moi que tout est parfaitement réel... Je t'en supplie ! »

Je la pris dans mes bras. Sa tête reposant sur mon épaule, sa main sur mon torse, je sentais les battements rapides de son cœur.

« Ma chérie... On est ensemble à Venise comme la première fois, est-ce que tu réalises ? »

Elle leva un instant sa tête et fondit en larmes. Malgré sa force de caractère, toutes ces années à vivre seule, à attendre un hypothétique bonheur, tous ses tourments et peines s'évacuaient dans chaque sanglot. J'avais beau déposer un baiser sur ses lèvres humides et la réconforter, rien n'y fit. Puis, après un dernier soubresaut, la source finit par se tarir.

L'expression après la pluie, le beau temps illustre parfaitement ce moment. Un magnifique sourire apparut subitement, j'arrêtai de l'embrasser pour sécher ses larmes avec le drap.

Son regard éploré ne me quittait pas, subitement, elle déposa plusieurs baisers sur ma bouche comme un oiseau qui prend sa nourriture. Je pouffai de rire, charmé par son geste.

« Tu te moques de moi ?

– Non, mon petit oiseau qui picore... »

Surprise par mes derniers mots, elle me pinça le bras en éclatant de rire.

« Tu vas voir si je suis ton petit oiseau. » Dit-elle en me caressant le visage.

Au fond de ses yeux, je réalisais l'immense affection qu'elle me portait.

Ce fut une nuit idyllique. Nous avions vingt-trois ans de plus, mais je pus revivre pleinement les mêmes émotions, la tendresse, la passion que nous avions partagés lors de notre premier séjour.

LUCIE

Réveillée, je consultai ma montre, il était 3 h 20. Alexandre dormait paisiblement. Je le dévisageais, des images de son retour et de tous les moments que j'avais pu vivre défilaient dans ma tête.

« J'avais tant espéré pendant les premières années après la naissance de Léna qu'ensuite, j'avais rangé au plus profond de moi mes sentiments pour cet homme. La jeune maman étudiante que j'étais, continuait son chemin et ses études en pharmacie.

Pour cela, mes parents firent des sacrifices : ma sœur jumelle se mariait avec Marc, moi, j'étudiais et j'élevais la petite Léna, fruit de notre amour et j'essayais tant bien que mal de ne plus penser à l'ancien petit copain de ma sœur qui avait fait chavirer tout mon être.

La première fois qu'il est entré dans l'officine, mon cœur s'est remis à battre très rapidement. Ce n'était pas vraisemblable qu'il soit là, je devais rêver.

Quand j'ai appris qu'il restait et qu'il se séparait de sa femme, mes sentiments sont remontés à la surface, me donnant du plaisir, mais aussi de l'inquiétude. J'avais traversé un désert seule avec notre fille et j'espérais que ce ne serait pas un mirage. Plus le temps passait, et plus mon angoisse grandissait. Je devais à tout prix l'informer qu'il était le père de ma fille. Je ne voyais pas comment.

J'avais peur, pas d'Alexandre, seulement de ce bonheur que je n'attendais plus et qui était brutal. Maintenant, à côté de lui, j'étais sereine. Quand il a prononcé « ma chérie » toutes les larmes retenues depuis son départ ont jailli comme un volcan qui se réveille, elles coulaient sans que je ne puisse les stopper. Je ne sais pas comment on s'organisera à notre retour, peu importe, il m'aime et je brûle d'envie de vivre avec lui. »

Il a dû ressentir ma présence contre son corps, il se retourna me serrant fortement.

« Tu ne dors pas ?

– Non, cela fait un moment que je t'observe. »

Il m'embrassa et replongea dans le sommeil. Je sentis son souffle, je ne pus bouger, il me retenait prisonnière et j'étais enchantée de l'être.

Je m'endormis rapidement.

ALEXANDRE

C'était le matin, je me réveillais, Lucie sommeillait. Je remontai la couette jusqu'à ses épaules. Je contemplai un moment cette splendide femme couchée sur le ventre, la tête tournée vers moi.

J'étais comblé. Je caressai son dos et son tatouage, ce petit dauphin sur l'épaule qui m'avait surpris lors de notre première nuit.

Quand je pense que c'était Lucie et non Léa avec qui j'étais parti en week-end la première fois ! Je cachai avec le drap son petit cétacé bleu. Elle bougea et soupira, seulement, je vis un bref sourire : Lucie en profitait, j'effleurai son visage.

Déposant un baiser sur ses lèvres, elle ouvrit les yeux.

« Tu as bien dormi ?

– Oui, dans tes bras, je suis toujours bien. »

À ses côtés, une curiosité m'obsédait.

« Lucie, tu n'as jamais envisagé de faire ta vie avec un autre homme pendant toutes ces années ? »

Elle souleva sa tête de l'oreiller et je vis de l'étonnement. Elle ne riposta pas tout de suite, elle m'examina :

« Si... Quand Léna avait quatre ans, ma sœur insista pour que je sorte avec un collègue de son travail. Elle me répétait maintes fois que t'attendre ne servait à rien. »

Elle s'arrêta subitement quelques instants, pour voir ma réaction.

« Et alors... » Dis-je impatient de connaître la suite.

« Bah... On est sorti plusieurs fois au cinéma et au restaurant, ensuite, il n'a pas persévéré.

– C'est tout ? » Lançai-je, très curieux.

« Non... Il y a dix ans, lors du mariage d'une amie, pendant la soirée, j'ai rencontré un homme divorcé. Il était mignon, il me rappelait un certain Alexandre, un jeune homme dont j'étais follement amoureuse durant un week-end à Venise. »

Elle stoppa en voyant ma tête et éclata de rire. Puis, pour ne pas me laisser dans l'ignorance, elle termina.

« Notre relation dura trois mois, sa façon d'agir et de s'occuper de moi me faisait penser tout le temps à toi. Un jour, à la sortie d'un cinéma dans lequel on avait vu un film romantique, nous nous sommes promenés la main dans la main dans un parc, et assis sur un banc, il me parla à cœur ouvert. :

Lucie, je t'aime, je souhaiterais refaire ma vie avec toi... Mais je ressens un blocage... Peux-tu me dire pourquoi notre liaison n'évolue pas ?

Surprise, je n'ai pas répliqué tout de suite, des images de Venise, de toi passaient dans ma tête. Au bout de quelques minutes, j'ai eu le courage de lui raconter notre aventure.

Il semblait complètement désorienté. Quand j'eus terminé, il prit ma main sans dire un mot. On resta ainsi plusieurs minutes, nos regards de temps en temps se croisaient. Ensuite, il me raccompagna, et avant de nous séparer, il me dit :

Lucie, tu as toujours des sentiments pour cet homme. Je ne peux me substituer à lui dans ton cœur.

Il est préférable que l'on en reste là. Si un jour, tu changes d'avis et si tu comptes faire ta vie avec moi :

Téléphone-moi, et je serai le plus heureux des hommes. »

Elle attendit une éventuelle remarque, les yeux braqués sur moi.

Ne la voyant pas poursuivre :

« Tu ne l'as donc en aucun cas recontacté ?

– Non... J'ai continué à vivre seule et à élever notre fille. »

Après cet aparté et un moment de solitude, elle mit sa main derrière ma tête pour déposer un baiser sur mes lèvres.

« Je t'aime, Alexandre… Je t'ai toujours aimé. »

Puis, on décida de se préparer pour redécouvrir Venise. Elle mit une robe avec un décolleté qui dégageait ses épaules. Sur celle de droite, apparaissait son tatouage, ce petit dauphin bleu.

Elle était rayonnante : même si tous les deux nous avions vingt-trois ans de plus, nous étions amoureux comme la première fois.

On avançait sur la place Saint-Marc, main dans la main, son visage exprimait ses sentiments. Sans me regarder, elle savait que je l'observais de temps en temps et elle me pressait la main par intermittence pour me le montrer. Les pigeons s'écartaient au fur et à mesure de notre progression, ils nous faisaient une haie d'honneur.

Elle ne courut pas pour les faire s'envoler comme la première fois, elle s'arrêta, je l'enlaçai pendant de longues minutes, les oiseaux vinrent nous encercler pour nous protéger, puis le son d'une cloche retentit et déclencha un envol. Ils s'élevèrent tous, les uns après les autres dans le ciel bleu. Nous admirâmes cet éblouissant feu d'artifice en nous tenant par la main.

Ensuite, on poursuivit notre périple, on refit le même parcours, les mêmes restaurants, à chaque fois, Lucie était enthousiaste. Sur le pont des amoureux, j'eus une pensée pour Tess : elle avait entièrement raison, ce voyage à Venise concrétisait notre couple. Lucie mit sa tête sur mon épaule et curieuse :

« À quoi penses-tu en ce moment ?

– À une personne qui me suggéra de t'inviter à Venise pour reprendre notre histoire, là où elle s'était subitement arrêtée après notre retour !

– Ah oui... Et qui est-elle pour que je la remercie ?

– C'est Tess !

– Ta femme !

– Mon ex-femme, nous avons divorcé le mois dernier.

– Il sera inévitable un jour que je face sa connaissance, c'est une personne que j'apprécierai. En même temps, je me plairai à échanger avec elle pour mieux te connaître. » S'exclama-t-elle hilare.

Ce retour aux sources passa beaucoup trop vite, et déjà, nous étions à l'aéroport, prêts à décoller.

Nous avions passé deux jours exceptionnels. J'avais près de moi, la femme qui, plusieurs années auparavant m'avait fait chavirer à tel point que je ne revendiquais qu'une chose : passer toute ma vie avec elle.

Ce second week-end à Venise consolidait notre couple. L'avenir était devant nous et cette fois-ci, rien ne pouvait gâcher notre joie d'être ensemble et c'était le plus beau des cadeaux.

Pendant toute la durée du vol, tournée vers le hublot, elle restait silencieuse. À quoi devait-elle penser ?

À toutes ses années difficiles, ou au retour de Venise, qui cette fois-ci, ne se déroulerait pas comme la dernière fois.

Inquiète, elle tourna sa tête brièvement, m'adressant un sourire crispé.

Appréhendait-elle notre vie après ce séjour ?

Lucie était angoissée. Je devais la rassurer. L'hôtesse nous informa de notre arrivée, nous devions attacher notre ceinture, l'avion descendait et il y avait des turbulences, elle prit ma main. Je m'approchai de son oreille et murmurai :

« Je veux partager ma vie avec toi, chaque jour sera un bonheur renouvelé. »

Ses doigts caressèrent tendrement ma joue et elle prononça :

« Oui, j'ai tant aspiré à passer ma vie avec toi. »

Enjouée, elle me confirma sa décision en m'embrassant. Les roues de notre avion touchèrent le sol.

Après notre retour, Lucie avait beaucoup de mal à changer ses habitudes. Quelques jours après, lors d'une sortie au restaurant, je me résolus à aborder notre situation.

Elle acceptait de vivre avec moi, elle réclamait tout simplement du temps pour s'organiser. Après le dîner, on rentra directement à son domicile, il était 22 h quand je m'arrêtai.

Mon portable sonna, c'était Tess. J'étais surpris et également tendu. À Montréal, il était 16 h et jamais elle ne m'avait appelé pendant son travail. Après quelques secondes d'hésitation, je décrochai.

« Alexandre ?

– Oui, Tess.

– Je ne te dérange pas ? Je peux te parler ? »

Sa voix n'était pas comme à l'accoutumée.

Lucie me fixait avec insistance, et une appréhension soudaine m'envahit.

« Oui, tu peux. »

C'est là que tout s'écroula autour de moi, Tess m'informa qu'elle avait la maladie de sa grand-mère, que le traitement qu'elle prenait depuis plusieurs mois n'arrêtait pas son évolution.

Je tombais des nues, j'étais sonné par cette révélation, je n'avais rien vu, rien ressenti lors de son dernier voyage. Je refusais qu'elle soit en grand danger.

Je m'évertuai à la réconforter, mais je savais qu'elle connaissait l'issue : elle m'avait quelques années auparavant raconté la maladie de sa grand-mère qui touchait toutes les femmes de la famille. Le cœur serré, je priais pour qu'elle s'en sorte. Je n'admettais pas ce destin tragique. Tess avec beaucoup de courage :

« Mon médecin à l'intention de tenter une opération, il me reste cet espoir, Alexandre. »

Ces mots m'assommèrent définitivement. Je fondis en larmes. Lucie ne comprenait pas et me tenait la main, elle réalisait que j'avais une mauvaise nouvelle. Tess percevant mes sanglots dit :

« Alexandre... Je suis désolée... Il ne faut pas que tu restes seul !

– Je ne le suis pas, je ramenais Lucie.

– Ah, tout va bien entre vous deux, tant mieux. Bon, il va falloir que j'avertisse Nathan. »

Reprenant mes esprits :

« Je vais m'en charger, Tess. » Dis-je avec beaucoup de difficultés.

Je n'étais plus en mesure de prononcer le moindre mot, elle resta silencieuse, on s'embrassa, puis on raccrocha.

Anéanti, j'eus beaucoup de mal à annoncer la terrible nouvelle à Lucie qui me prit dans ses bras. J'étais perdu, groggy, je ne savais plus où j'étais.

« Alexandre, je prends des affaires et je viens avec toi. Je ne veux pas te laisser seul avec ton fils ce soir. Léna va venir également. Tu m'attends, je reviens très vite. »

Pendant son absence, ma vie avec Tess défila à la vitesse d'un cheval au galop.

TESS

Je viens de raccrocher, j'ai enfin eu le courage de lui annoncer la mauvaise nouvelle, je n'avais plus le choix. Je sanglote, Alexandre est loin, j'aurais apprécié qu'il soit là près de moi pour être dans ses bras. Cette maladie va fatalement m'emporter, j'ai peur.

Après quelques minutes, je me ressaisis, je suis satisfaite qu'Alexandre soit avec Lucie, je suis sûr que cette femme va tout faire pour le soutenir et l'aider à surmonter cette épreuve. C'est son premier amour, j'essaie de me remonter le moral pour affronter cette opération. Mon téléphone bipa, je le consultai, c'est Alexandre.

« Tess dis-moi quand tu seras opérée, je vais venir, je ne t'abandonnerai pas. Je pense à toi et je t'embrasse. »

Je m'affale dans un fauteuil. Toutes les larmes de mon corps coulent sur mes joues et je ne parviens plus à me contrôler.

La vie avec Alexandre était si extraordinaire, je voudrais revenir en arrière et revivre tous ces tendres moments avec lui. Seulement, ce n'est pas réalisable. Je suis dans l'obligation d'avancer et affronter un ennemi qui ne me ménagera pas.

Après un instant, je me calme et je pense à lui. Alexandre est réellement un homme admirable et je suis déterminée à me battre. Je suis convaincue qu'il sera à mes côtés pour m'aider comme il l'a toujours fait, et c'est pourquoi je ressens l'obligation de réagir. Je me lève et regarde par la fenêtre, le soleil brille dans un ciel partiellement nuageux. Je revois nos escapades dans la forêt de sapins et nos week-ends en amoureux lorsque mon portable sonna. C'est le bureau, je décroche immédiatement.

« Oui... Il y a un souci... C'est préférable que je vienne... D'accord j'arrive. »

Machinalement, devant le miroir, j'efface les traces de ma tristesse et de mes sanglots. Après quelques minutes, je prends sur moi et je redeviens une dirigeante exemplaire.

ALEXANDRE

Lucie et Léna firent tout ce qu'elles purent pour nous changer les idées, mais avec Nathan, nous étions à Montréal avec Tess par la pensée. La soirée fut pénible, Nathan, cajolé par sa sœur, ne réalisait pas encore, mais moi, j'étais complètement effondré.

Les jours suivants furent difficiles pour tout le monde, je m'envolai pour Montréal afin d'être présent pour l'opération. Lucie avait accepté et encouragé cette initiative, parce qu'elle était consciente, que c'était nécessaire pour moi de passer du temps avec Tess pour la soutenir moralement.

L'intervention s'était bien passée et dans l'immédiat, il fallait attendre que son nouveau traitement donne des résultats. Les prochains mois étaient déterminants. Quand je revins du Canada, Lucie était à l'aéroport avec Bruno pour m'accueillir, Nathan et Léna les avaient accompagnés.

J'étreignis Lucie et mes enfants pendant de longues minutes. Bruno me fit un clin d'œil et me serra contre lui, sans prononcer le moindre mot, il nous emmena chez lui afin que l'on passe la soirée ensemble. Je leur expliquai ce qui s'était passé avant et après l'opération. Maintenant Tess devait suivre un protocole. Je tentai surtout de les rassurer, en même temps, de me convaincre que Tess parviendrait à triompher de cette maladie.

On resta dormir chez Bruno, c'était beaucoup mieux pour nous tous. Les enfants s'esquivaient, Léna désirait discuter avec son frère dans sa chambre. Nous nous attardâmes un moment avec Bruno, puis nous montâmes nous coucher.

Silencieuse, Lucie me caressa du regard et me serra fortement contre elle. J'eus des difficultés à prendre le sommeil pourtant le décalage horaire et le stress des derniers jours m'avaient exténué.

Le lendemain, je remerciai tous les amis qui m'avaient adressé des messages de soutien.

Tess avait un courage incroyable et j'étais tenu d'en avoir également. Je comprenais mieux sa façon d'agir quand elle rencontra Lucie et qu'elle apprit l'existence de Léna, ma fille.

Ses allusions et sa volonté de divorcer, sa façon de parler de cette femme qui m'aimait depuis plus de vingt ans, comme elle. Elle savait qu'elle était malade et elle prenait soin de moi.

Son intention était d'assurer mon bonheur en sachant qu'elle avait peu d'espoir de s'en sortir et considérant que son destin était scellé.

Elle avait atteint son objectif, Tess avait toujours tout réussi, c'était une femme formidable, une battante. La vie est ainsi, elle continue. La veille de son opération, elle s'était confiée :

« *Alexandre, peu importe ce qui se passera dans les jours ou dans les semaines à venir... Promets-moi d'être heureux avec Lucie et de t'occuper de Nathan et de ta fille. Il est impératif que tu poursuives ton chemin. Fais-moi cette promesse.* »

Je lui confirmai par un signe de tête en serrant sa main et en déposant un baiser sur sa joue. Parce que j'étais dans l'impossibilité de prononcer le moindre mot.

Chapitre XVI

Quelques mois après...

Assis sur le banc dans le jardin de Bruno, je contemplai le plan d'eau et les canards qui voguaient vers moi. Le soleil brillait dans un ciel bleu avec quelques nuages qui se promenaient au gré du vent. Un peu comme des moutons dans une prairie.

Ces derniers mois avaient été éprouvants, Olaf était près de moi. Chaque fois que je me tourmentais, ce chien venait avec son regard compatissant pour m'apaiser. Je le caressai, un vol de canards passa au-dessus de nous, ce qui surprit le chien qui aboya.

Les images de ma vie défilèrent soudainement dans ma tête, les moments douloureux comme les plus merveilleux. J'avais pris une résolution concernant ma liaison avec Lucie, pendant cette période compliquée pour notre couple.

Rien n'avait évolué. Elle repoussait sans cesse de venir habiter avec moi.

On se voyait très souvent et elle m'avait soutenu moralement pendant cette épreuve. Ce qui était arrivé à Tess y était certainement pour quelque chose dans ce choix d'atermoyer.

Je sortis de ma poche une lettre dont le papier était défraîchi, que je relus pour la énième fois. C'était le dernier courrier de Tess, qu'elle avait écrit il y a maintenant quelques mois.

« Mon chéri, je ne peux pas me passer de t'appeler ainsi... Tu seras invariablement pour moi l'homme qui m'a rendu heureuse pendant plus de vingt ans et qui m'a donné un fils. J'ai conscience que tu t'en occuperas comme tu l'as constamment fait.

Au moment où je t'écris, je suis comblée que tu aies pris cette décision concernant Lucie. Cela me réjouit et je suis convaincue qu'elle te donnera tout l'amour que tu mérites. J'aurais pris tant de plaisir à venir ce jour-là pour vous féliciter, mais le destin en a décidé autrement.

J'ai passé les meilleures années de ma vie avec toi, le petit Français comme je te nommais quelques fois pour te taquiner.

Transmets à Lucie tous mes vœux et embrasse Nathan et ta fille de ma part.

Je t'embrasse très fort. Ta Tess. »

En terminant la lecture, j'imaginai Tess assise sur la balancelle sur la terrasse du chalet, émerveillée par le somptueux paysage qu'elle adorait tant et se délassant après ses traitements qui la fatiguaient. Quelques jours auparavant, elle m'avait confirmé au téléphone que la thérapie qu'elle suivait, commençait à faire son effet et qu'elle avait bon espoir de vaincre sa maladie.

Néanmoins, sa convalescence serait longue et épuisante. Elle ne serait pas apte à reprendre son activité dans l'entreprise avant de nombreux mois. Elle était sur le chemin de la guérison et j'étais à nouveau fier de son obstination et de son courage dans ce combat. Son père avait repris la direction de l'entreprise en attendant son retour.

Car elle n'en démordait pas, acharnée et résolue, elle se donnait du temps pour revenir aux commandes et poursuivre sa carrière.

Les mots de Tess continuaient de me troubler et de résonner dans ma tête. Plongé dans ce courrier, je ne vis pas Nathan et Léna plantés devant moi.

« Bah... Papa, qu'est-ce que tu fais ? Tout le monde est prêt, il ne manque que toi ! » S'exclamèrent en chœur mes enfants.

Subitement, je consultai ma montre, sans dire un mot, je me levai d'un bond en rangeant la lettre de Tess dans la poche intérieure de ma veste.

Puis, je pressai le pas afin de rejoindre Bruno, mon témoin, escorté par mes enfants et Olaf qui déposa sa balle pour nous suivre.

Bruno avait tout organisé : la réception se déroulerait sur la pelouse de sa propriété, sous un barnum qu'il avait fait installer par un traiteur.

Le DJ réglait les derniers soucis techniques. Me voyant avancer d'un pas décidé, Bruno me dit avec un sourire qui montrait sa satisfaction :

« Tu ne vas pas te présenter en retard, Lucie t'attend depuis trop longtemps. »

Je lui donnai une tape amicale sur l'épaule et on s'engouffra tous les quatre dans sa voiture.

Sur la place de la mairie, en face de l'officine, il y avait foule. Je découvris Lucie dans sa robe de mariée. Elle était sublime, envoûtante à mes yeux. Elle me fit un clin d'œil.

Accompagnée de son témoin, Élodie, elle prit mon bras et nous pénétrâmes dans la mairie. La cérémonie fut joyeuse, tous mes amis étaient présents et mettaient de l'ambiance. Je retrouvais un peu l'atmosphère de mes vingt ans, surtout avec François et Franck, turbulents, et enthousiastes. Ils ne se privaient pas de me taquiner. Bruno, mon témoin et maître de cérémonie, était plus sérieux, il tenait à ce que tout se passe bien.

En sortant de la mairie, on se dirigea vers son domicile dans un concert de klaxons. On fit des photos près du plan d'eau, Olaf était un peu perdu avec tout ce monde qui avait envahi son domaine, il préféra rester dans la maison couché de tout son long sur le carrelage.

Je découvris sur le bras de Lucie des chiffres supplémentaires à son tatouage avec un petit cœur rouge et deux lettres entrelacées.

En voyant mon étonnement, elle dit :

« Alexandre, il y a dorénavant toute ma vie sur mon bras... »

Avec son beau sourire, elle précisa :

« C'est la date de notre mariage et nos initiales dans le cœur. »

Elle mit sa main derrière ma nuque et elle m'embrassa sous les acclamations de tous les invités. Tout se déroula dans l'euphorie sous la direction et l'orchestration de Bruno.

Quand on ouvrit le bal, ma femme étincelait et j'étais aux anges.

Sur le bord de la piste, Nathan tenait la main de sa copine. Léna avait une petite larme, Kevin la capta avec son mouchoir, puis, l'embrassa.

La danse terminée, ils vinrent tous les quatre nous féliciter. Mes amis firent de même, seule Élodie resta à l'écart et s'approcha de nous quand tous les invités partirent sur la piste.

« Lucie, Alexandre, je savoure ce moment, je me réjouis de vous voir ensemble.

– Merci, cela me touche... Tu as constamment été une sœur pour moi.

– Et toi, un frère, Alexandre. »

Lucie silencieuse passa ses bras autour de ma taille et en me fixant dit :

« Et maintenant, tu es mon mari et je suis comblée.

– Bon, je vous laisse les amoureux. » Lança Élodie.

Puis, avançant vers la piste, elle se retourna :

« Ah, Alexandre... Votre voyage de noces, vous le faites à Venise, je suppose !

– Eh bien non, tu as tout faux... On va à Rome, Florence, ensuite la Sicile... Après, au retour... On s'arrêtera à Venise. »

Élodie éclata de rire, nous fit un signe et retrouva François qui se déhanchait sur la piste.

Bruno invita Lucie à danser, sa mère s'approcha.

« Alexandre, je saisis cette journée inoubliable pour venir m'excuser, mon intervention l'an passé en annonçant brutalement à Léna que vous étiez son père n'était pas digne de moi... Vous n'étiez aucunement responsable des événements... Je regrette sincèrement le mal que j'ai fait... »

Je coupai court :

« Vous êtes pardonnée depuis longtemps, belle maman, tout cela partait d'une bonne intention : protéger votre fille et votre petite-fille.

– Merci, Alexandre, vous êtes un homme bien. »

Elle s'arrêta, en voyant Lucie revenir vers moi, et s'éloigna pour rallier des membres de la famille. Intriguée, ma femme me demanda :

« Que te voulait ma mère ?

– Juste admettre son erreur concernant mon départ au Canada et ce qu'elle avait dit, il y a plusieurs mois.

– Et ?

– Je lui ai donné l'absolution. »

Elle pouffa de rire.

« Chérie, c'est ta mère et maintenant ma belle-mère.

– Tu es un amour. »

Vers quatre heures du matin, il ne restait que les amis qui dormaient chez Bruno, Annie, Franck, Élodie et François. On continua la fête en buvant du champagne pendant que le DJ rangeait son matériel. Olaf dormait sur la terrasse avec le chat entre ses pattes, tout était calme et les animaux comme nous profitaient de cette quiétude.

Je m'absentai un moment en direction de l'étang et m'assis sur le banc. Olaf accourut et mit comme d'habitude son museau sur mon pantalon. Je levai la tête en direction du ciel étoilé, un avion avançait : ses lumières me permettaient de le suivre. J'eus une pensée pour Tess, seule dans son chalet, alors qu'elle aurait aimé être là avec nous. Une voix m'interpella :

« Pourquoi mon mari est seul dans son coin ? »

C'était Lucie, qui voyant l'expression sur mon visage, vint m'entourer de ses bras. Je sortis immédiatement de mes pensées.

La vie continuait, seulement rien ne pourrait me faire oublier mes années avec cette charmante Canadienne, Lucie l'avait clairement compris et elle l'acceptait.

Nous tenant par la main, nous nous dirigeâmes vers la terrasse et décidâmes d'aller tous nous coucher. Le lendemain, Bruno avait prévu un brunch avec nos amis et quelques membres de la famille, notre nuit serait écourtée.

Avant de monter dans nos chambres, Bruno s'exclama :

« Les jeunes mariés, vous pouvez faire la grasse matinée jusqu'à 11 h, les autres, je vous réveille à 10 h. »

Ils regardèrent Bruno en baillant, firent un signe, sans dire un mot, et se dirigèrent vers leur chambre.

Lucie et moi, les devançâmes. Tout habillé, allongé sur le lit, j'observais ma femme qui sortait de la salle de bain en pyjama. Elle s'approcha de la fenêtre ouverte. Il faisait bon, une brise légère soufflait et pénétrait dans la pièce. Le silence de la nuit nous fit du bien, parce que la musique de la soirée continuait de résonner dans notre tête.

Lucie resta un moment sans dire un mot, alors je la rejoignis et entourai sa taille de mes bras en la serrant fortement. Elle pencha sa tête en arrière, sa nuque reposant sur mon épaule.

« À quoi penses-tu, ma chérie ? »

Elle contemplait le ciel tout en tournant machinalement son alliance autour de son doigt. Puis, elle me fit face, les yeux remplis de larmes.

« Je remerciais Léa de m'avoir permis de te connaître, Alexandre. J'aurais tant adoré qu'elle soit là aujourd'hui. »

Je pris sa tête entre mes mains et déposai un baiser sur ses lèvres humides. Puis, un large sourire apparut.

« Je t'aime, Alexandre.

– Moi aussi Lucie. »

Léa et Lucie avaient une relation fusionnelle comme la plupart des jumelles et sa sœur lui manquait. Je relâchai mon étreinte pour rejoindre la salle de bain.

À mon retour, Lucie somnolait, je me blottis contre elle, elle soupira.

Je ne parvenais pas à dormir et je repensais aux deux sœurs qui m'avaient joué un sacré tour, il y a bien longtemps. J'étais sorti avec Léa, mais c'est de Lucie que j'étais follement amoureux après ce week-end à Venise.

Dans mes bras, elle était détendue et sommeillait. Je déposai un baiser dans son cou et vis un large sourire apparaître.

Subitement, elle se retourna, m'embrassant plusieurs fois, posant sa main droite et sa tête sur mon torse. Elle souffla comme soulagée d'avoir définitivement réalisé son idéal.

Son comportement reflétait l'amour qu'elle avait tant attendu. Très rapidement, elle ferma les yeux et je fis de même.

LUCIE

Lovée contre mon mari, ce moment de béatitude m'empêche de trouver le sommeil. Des flashs de ma vie passent dans ma tête, ma première rencontre avec cet homme, son absence pendant toutes ces années, son apparition dans la pharmacie après tout ce temps, notre second voyage dans ce lieu où j'avais découvert le bonheur. La découverte de Tess lors d'un voyage à Montréal pendant sa convalescence qui m'avait permis de faire sa connaissance et de l'apprécier. Je me souviens encore de ses paroles dans les derniers jours de notre séjour.

« Lucie, tu es une femme sublime et séduisante. Je ne connais pas mon avenir, néan-

moins, j'ai bon espoir de m'en sortir. Alexandre est un peu soucieux en ce moment, c'est de toute évidence dû à mon état. Dans quelques semaines, j'irai beaucoup mieux, je présume qu'il te demandera en mariage. Ne te refuse pas ce plaisir et profitez tous les deux de la vie, elle peut être très courte et toi tu as déjà trop attendu.

Tess, satisfaite me prit la main et elle termina : je serais enchantée qu'il en soit ainsi. »

Cette discussion m'ôta les derniers doutes que j'avais concernant l'affection d'Alexandre envers Tess. Elle devint, avec le temps, une amie intime, une seconde sœur, car Léa, que j'avais perdue, resterait irrémédiablement dans mon cœur. Je tourne la tête vers Alexandre, il dort profondément. Je me soulève légèrement et dépose un baiser sur ses lèvres. Il se réveille et se tourne vers moi pour m'enlacer. J'éprouve une joie intense.

TESS

Au Canada, il était dix heures du matin, quand je reçus un message de Nathan m'informant que son père et Lucie étaient mariés et que je manquais à tout le monde.

Ma tasse de café à la main, je contemplais la nature assise sur la balancelle. Je n'avais pas passé une excellente nuit. Hier, j'avais eu mon traitement et ce matin, j'étais épuisée.

Je m'imaginais à la cérémonie, Alexandre devait être heureux d'épouser Lucie. Je partageais leur bonheur. J'aurais tant souhaité être présente, cela m'aurait fait du bien, mais le voyage était tout simplement impossible, dans mon état de fatigue actuel. Je promettais de les retrouver bientôt, j'avais une grande admiration pour cette femme qui, tout comme moi, était une vraie battante et avait fait preuve d'un immense courage tout au long de ces années pour poursuivre ses études tout en élevant sa fille.

J'étais impressionnée, elle était devenue au fil du temps une amie très précieuse pour moi. Je restai un long moment à songer aux jeunes mariés. Progressivement, à travers les jours et les différentes étapes de mon traitement, je commençais à recouvrer le moral.

Ma famille, ainsi qu'Alexandre, Lucie, Nathan et Léna, malgré la distance étaient à mes côtés pour m'encourager. Grâce à leur soutien, j'étais prête à me battre et à faire face à la maladie. J'avais de grandes chances de me rétablir rapidement afin de reprendre mes activités.

Chapitre XVII

Cinq années après...

ALEXANDRE

Depuis que Tess avait repris le travail, je n'étais pas revenu au Canada dans le chalet familial. Ce lieu me rappelait tellement de bons souvenirs avec elle, surtout nos escapades en fin de semaine.

Assis au bout du ponton, les pieds dans l'eau, j'admire cet exceptionnel paysage canadien. Le lac et le chalet se trouvent au milieu d'une forêt de pins, de bouleaux, d'érables. Ces différentes espèces nous exhalent des senteurs particulièrement agréables. L'eau s'étend à perte de vue et ce lieu paradisiaque m'émerveillait toujours autant.

Subitement, une légère brise fait onduler la surface de l'eau et les deux canoës arrimés à un poteau bougent et se heurtent, les clapotis venant caresser mes mollets.

Le soleil décline, il fait encore bon en ce mois de septembre. Une cane et ses petits glissent sur la surface du lac, suivis par un colvert qui surveille les retardataires.

Des éclats de voix me tirent de ma contemplation, je me retourne en direction du chalet. Sur la terrasse, assises sur la balancelle en bois attachée par des chaînes à une poutre de l'avancée, Tess et Lucie rient à gorge déployée. Elles doivent remarquer mon regard soutenu dans leur direction. Elles me font un signe de la main en m'adressant un baiser.

Je souris et j'agite mon bras pour leur répondre. Depuis qu'elles ont fait connaissance lors d'un voyage pendant la convalescence de Tess, les deux femmes sont amies. Parfois, j'ai l'impression qu'elles sont comme deux sœurs.

Durant cette période confuse, Lucie téléphonait toutes les semaines pour avoir des nouvelles, et depuis, elles s'appellent tous les mois. Je me réjouis de cette situation. Actuellement, je suppose que je suis le sujet de leur conversation, parce que mon épouse a l'intention de tout savoir sur moi, et Tess ne manque pas une occasion de lui narrer des anecdotes croustillantes me concernant. Je pense à ces deux femmes fascinantes qui ont enchanté ma vie, je suis bienheureux de les voir ainsi.

Tess a passé des moments compliqués. Quand elle a appris qu'elle était malade, elle a tout fait pour me pousser vers Lucie, croyant à sa fin proche, et moi, aimant ces deux femmes, je ne me suis aperçu de rien. Avec Lucie, nous avions été très présents dans son combat.

Après deux ans, elle avait repris la direction de l'entreprise. Lors de notre dernier voyage, j'avais réussi avec l'aide de son père et de Lucie à la convaincre d'embaucher un adjoint pour la soulager et ainsi lui permettre d'alléger son activité.

Le destin faisant parfois bien les choses, elle a recruté son boyfriend quand elle était étudiante, Ryan.

Quand j'avais connu Tess, il passait ses journées avec elle pour réviser et préparer les examens. Un jour, arrivant plus tôt que d'habitude, je les avais surpris dans le parc de l'université, sur un banc en plein travail. Lorsque Ryan m'avait vu, il avait semblé gêné, il m'avait salué, ensuite, il avait pris ses affaires pour s'éloigner.

Il n'avait pas fait dix mètres qu'il se retournait plusieurs fois. J'avais toujours pensé qu'il était amoureux de Tess et je crois que je ne me trompais pas. Il était divorcé depuis quatre mois quand il avait vu l'annonce et il s'était précipité pour postuler.

Depuis, il travaille au sein de la société. Je l'ai très couramment au téléphone, car mon employeur a des accords commerciaux avec l'entreprise de Tess. Il va venir tout à l'heure en fin de journée, il accompagnera Nathan et Sophie, sa compagne, et mon petit-fils Eliott.

Tous les trois ont passé quelques jours chez les parents de Tess pour qu'ils voient leur petit-fils et leur arrière petit-fils.

Eh oui, je suis papi depuis trois ans. Quand il est venu à Paris, mon fils a connu Sophie la meilleure amie de Léna, et ils ne se sont plus quittés.

Un coup de klaxon me tire de mes pensées : c'est Kevin et ma fille qui arrivent de l'aéroport, car ils viennent également passer les vacances avec nous.

Après leurs études d'infirmiers, ils ont emménagé dans la maison de Lucie et m'ont donné un petit ange, Ambre.

À peine sortie de la voiture, elle se précipite vers moi, sous le regard soucieux de ses parents, car cette intrépide demoiselle ne craint pas de courir jusqu'au bout du ponton sans s'occuper de l'eau qui l'entoure.

Aux cris de papi... Papi.

Me relevant d'un bond, je réceptionne ce petit bout de chou qui saute dans mes bras. Je la soulève et pars en direction de ses parents qui soulagés me font signe.

Je rejoins tout le monde avec Ambre qui à bâtons rompus me raconte son premier voyage en avion. Nous restons un moment sur la terrasse à savourer cet instant de plaisir. Il est 18 h, quand la voiture de Ryan se gare près du chalet, Nathan et Sophie en descendent avec, dans les bras, le petit Eliott qui dort et qui s'efforce d'ouvrir les yeux tant bien que mal.

Ryan vient me serrer la main et adresse un clin d'œil à Tess que je surprends, je suis persuadé qu'ils sont ensemble, seulement Tess, pour l'instant, évite de se confier. Après toutes ces années, il n'a pas changé, à part son corps de sportif, modifié par le temps, comme le mien d'ailleurs, et son crâne qui a perdu une bonne partie de sa chevelure blonde. Néanmoins, il est toujours aussi chaleureux.

La soirée se passe bien, les jeunes ont couché leur progéniture et ont discuté un moment sur la terrasse autour d'un café avant de monter dans leur chambre.

Tess est soucieuse, elle me fixe plusieurs fois et je la sens nerveuse. Après un moment d'hésitation, elle s'adresse à mon épouse.

« Lucie, je peux t'emprunter Alexandre un instant ?

– Bien sûr, Tess. »

Je surprends les deux femmes qui se font un clin d'œil complice et Tess faisant discrètement un signe à Ryan qui hoche de la tête. Nous partons nous promener au bord du lac. Me retournant brièvement, je vois Lucie qui chuchote à l'oreille de Ryan.

Je sens le regard de Tess, je connais si bien cette femme que je devine aisément ce qu'elle va me dire. En approchant de la berge, elle se décide.

« Alexandre, je souhaiterais te parler de Ryan... »

Répliquant immédiatement je la stoppe net.

« Concernant son travail, c'est une personne extrêmement compétente et je suis profondément satisfait de collaborer avec lui ! »

Je termine en pouffant de rire.

Surprise par ma répartie, elle se tait un instant avant de poursuivre.

« Ce n'est pas de son travail que je veux m'entretenir avec toi. » Répond-elle intriguée.

Puis, me voyant hilare, elle lance réjouie.

« Oh, toi, tu te doutes de quelque chose ! Tu me fais marcher !

– Absolument, Tess, et si je suis dans le vrai, cela me rend heureux pour toi. Après toutes ces années laborieuses, tu as droit au bonheur.

– Merci, Alexandre, je n'oublierai jamais tout ce que l'on a vécu ensemble, ton aide et celle de Lucie dans les moments délicats. Effectivement, Ryan et moi, nous partageons notre vie depuis plusieurs mois, et je ne sais pas comment aborder le sujet avec notre fils.

– Ma Tess... Pardon, Tess. »

En entendant mes paroles, elle sourit.

« Il s'en doute, il m'en a touché deux mots avant de monter se coucher, il a remarqué durant le dîner que tu lui souriais très souvent. »

Soulagée, Tess dépose un baiser sur ma joue et se retourne, Ryan, en pleine discussion avec Lucie s'amuse de notre aparté, Lucie me le confirmera un peu plus tard. Tess prend mon bras pour continuer notre promenade, on évoque nos années de vie commune, notre amitié, Lucie. Puis, on regagne la terrasse du chalet, nos deux compères stoppent leur causerie en nous voyant.

Ryan et Tess nous saluent avant de rejoindre leur chambre. Lucie et moi, allons au bout du ponton nous asseoir en tailleur au bord de l'eau, pour admirer le paysage sous le ciel étoilé, quelques nuages naviguent au gré du vent et masquent de temps en temps la lune.

Nous restons silencieux un long moment, devant ce splendide spectacle que nous offre la nature. Puis, on s'allonge sur les planches en se tenant par la main pour contempler les étoiles.

Je brise le silence :

« Tu te rends compte que notre histoire a débuté pendant un week-end à Venise ! »

Étonnée par mes propos, Lucie se redresse pour me dévisager.

« Oui, et j'en suis enchantée. Pour quelle raison tu reparles de ce voyage ?

– Parce que tu étais condamnable à cette époque, ma chérie ! » Dis-je d'un air infiniment sérieux.

« Que prétends-tu affirmer par là ?

– Bah… Usurpation d'identité... »

Je ne peux terminer ma phrase, Lucie me pince vigoureusement le flanc droit et pivote pour se retrouver sur moi. Elle m'observe, les yeux étincelants de curiosité.

« Oui, et alors, Monsieur le Juge ? » demande-t-elle d'un ton ferme.

Sans aucune précision de ma part.

« Quelle sera votre sentence, votre honneur ?

– La perpétuité, madame... Sans aucune possibilité de réduction de peine. La perpétuité, vous dis-je ! Vous aurez l'obligation de vivre avec moi, jusqu'à la fin de votre vie. »

Avec émerveillement, Lucie caresse mon visage et enveloppe ma tête de ses mains.

« J'accepte votre condamnation et je ne ferai pas appel. »

Elle pose ses lèvres sur les miennes, tandis que je l'entoure de mes bras et la maintien contre moi. Nous restons ainsi pendant de longues minutes, sans prononcer un mot. Ensuite, elle se tourne pour se mettre sur le côté, sa tête reposant sur mon épaule, tandis que mon bras droit l'enlace tendrement, sa main droite effleure mon cou. Sous cette voûte étincelante, on profite de la fraîcheur de la nuit et de la lune qui se reflète dans le lac. Une brume caresse la surface, la nature nous offre un concert, les oiseaux chantent, on perçoit des bruits d'animaux dans le bois, la faune doit s'approcher certainement pour se désaltérer. On entend le hululement d'une chouette, puis le silence. Lucie soupire, et s'endort.

Je reste sans bouger pour ne pas la réveiller, je sommeille également. Le cri d'un animal me ramène brutalement à la réalité : un point brillant glisse lentement dans le ciel ; une étoile filante trace son chemin. L'humidité me fait frissonner, je caresse la chevelure blonde de Lucie et dépose un baiser sur ses lèvres, elle sursaute et sourit.

« Mon amour, il serait temps de rentrer, il doit être tard. »

Elle baille et hoche la tête. Dégageant mon bras, je me lève d'un bond et l'aide à se redresser.

Puis, bras dessus, bras dessous, sans dire un mot, nous regagnons le chalet. Nos regards se croisent plusieurs fois avant d'atteindre l'entrée. Il est 2 h, tout le monde doit dormir, le silence règne.

Nous sommes heureux de poursuivre ensemble cette magnifique aventure et savourons cette agréable réunion de famille que Tess, toujours généreuse, a orchestrée. Dans mes bras et après que je l'ai embrassée, Lucie s'endort rapidement. Incapable de prendre le sommeil, je contemple ma femme pendant un long moment.

Cependant, la fatigue m'emporte doucement, et je ferme les paupières pour la retrouver.

Ce récit est une œuvre de pure fiction. Par conséquent toute ressemblance avec des situations réelles ou avec des personnes existantes ou ayant existé ne saurait être que fortuite.

Si vous désirez me contacter voici mon adresse Mail :

Auteur-claude.hiebel@orange.fr

Pour consulter mon site internet :

https://hiebelclaude.wixsite.com/auteur

Table des matières